U0918493

她时代

张晓彤 著

上海文艺出版社
Shanghai Literature & Art Publishing House

图书在版编目（CIP）数据
她时代 / 张晓彤著. -- 上海 : 上海文艺出版社,2020
ISBN 978-7-5321-7645-8

Ⅰ. ①她… Ⅱ. ①张… Ⅲ. ①长篇小说—中国—当代 Ⅳ. ①I247.5

中国版本图书馆CIP数据核字(2020)第063339号

本书策划：陈柏年
责任编辑：徐如麒
特约编辑：薛文倩
封面插画：朱曼宁
装帧设计：江苏华媒

书　名：她时代
作　者：张晓彤
出　版：上海世纪出版集团　上海文艺出版社
地　址：上海绍兴路7号　200020
发　行：上海文艺出版社发行中心
上海绍兴路50号　200020　www.ewen.com
印　刷：廊坊市旭日源印务有限公司
开　本：700×1000　1/32
印　张：7.25　字数：122千字　插图10
版　次：2020年6月第1版　2020年6月第1次印刷
书　号：ISBN 978-7-5321-7645-8 / I·6080
定　价：39.00元

阅读《她时代》印象

宗廷沼

我当过多年编辑，每当阅读新人佳作，都有一种兴奋和期待之情。张晓彤的长篇小说《她时代》，也给了我阅读激情和愉悦，仿佛回到了快乐不知愁滋味的青春岁月。

我与张晓彤素不相识，纯粹是文学之缘。她的小说洋溢着青春气息，人物形象鲜活单纯，性格各异，结构活泼跳跃，文字明快清新，还有个显著的特点——善于思考，并用含有哲理和诗意的文字表达。上海市作协副主席、著名小说家薛舒称张晓彤是善于思考的写作者，值得期待。这句话饱含善意和期盼，也激活了我的读后感思路。

张晓彤的小说篇幅不算长，可是年青女主角孟幻箴等人给我留下的印象很深。孟幻箴来自北方小城青野，融入大都市上海是她的向往。丰富多彩的大学生活拉开了向往的序幕，电视台实习带教老师林峯无微不至的关爱，给她带来了梦幻成真的曙光，纯真的幻箴沉醉在爱河梦幻中，直到林峯的妻子从国外归来办事，幻箴才从梦幻中惊醒。难言之痛给她上了无情的一课。一直默默守护幻箴的男同学耗子，在她失联那天晚上，先后打了46次电话无人应答，耗子苦苦守了一夜。小说中耗子笔墨不多，忠厚义举给我印象很深。幻箴疑似患抑郁症后，就诊时有了知音陈医生，单身的陈医生怜爱她一往情深，掏心掏肺写了100封情书，内心早已沸腾的她不敢回应，悄然无声独自去了赫尔辛基躲避疗伤。幻箴的闺蜜夏听荷经历也很特殊，她在贵州被夏老师收养，是父女关系，后来是师生关系，最后是夫妻关系，她的人生之路变幻眩目，善与爱的红丝线牵动人心。善于理财的林弯弯与刘哥违法经营一夜暴富，牢狱之灾刑满释放后，她拼命打拼偿还债主血汗钱，真正洗净了罪恶的双手和灵魂。单纯美丽的丁小火婚后生子，自己患了恶症，体形惨不忍睹，她狠了心主动离婚，为的是解放真爱的丈夫。小说中的七姐妹都有各自多姿多采的人生，显示了青春之美。

善于思考以及思辨的文字呈现，是张晓彤小说创作的又一特色。她的思辨是来自生活、高于生活的人生体验，切肤之痛伴之诗意的文字，将读者引向深远的意境。她在后记中有一段话值得品味，“成长一词，真的有种撕裂的疼痛，破茧成蝶的疼痛。人生数十年后，我们还是要完成一个课题，就是和年幼的自己隔空对话。我们不是一下子成熟的，我们是一点一点拔节的。感谢那些激励过我们的人们，那些点亮我们的星星，更应该感激那些曾用蔑视带给我们心灵伤害的过往，因为这些，我们才有机会愤愤不平，成为了现在还不错的自己。”相比有些不善于深度思考的作者平庸芜杂的故事加上苍白乏味的文字，精彩的思考以及思辨的文字诗意呈现，才是作品思想内涵升华腾飞的翅膀。张晓彤的思考注重人物的灵魂解剖，吸引读者产生心灵共鸣。

据说《她时代》是张晓彤长篇小说处女作，写到这种水平也相当不容易了。长篇小说创作的千辛万苦，局外人很难体会的，有小说家说是用生命换来的，这句话有泣血之痛。还有高手说小说要往“小”处写。这个小处不是平庸无味的鸡毛蒜皮，而是找到生活宝矿泉眼后的深度挖掘。叙事写人文字煽情的同时，也需要精彩动人的细节等等。情节好编，细节难挖，需要作者深入生活慧眼识宝。当然，这种本领不是一下子练成的，需要在生活海洋中长期积累刻苦操练。实践证明，作家是一点一点拔节成熟的，要经过破茧成蝶的疼痛。善于思考和实践的写作者会成熟的，张晓彤是值得期待的文学新人！

（作者系中国作协会员，编审，上海市浦东新区作家协会副主席）

目录

目录

梦里不知身是客，

反把他乡作故乡。

醒来惊觉终是客，

无论故乡或他乡。

——题记

第一章 绿裙姑娘的秘密

故事的主人公叫孟幻箴，一个扎着马尾皮肤白净的姑娘，遇到陌生人喜欢咯咯咯地笑以试图化解尴尬。青春犹如一场梦，又是那样的真实，就像幻箴的命运。就是在这样的似曾相识中，她经历了人生中屈指可数的重要时刻——出生、升学、恋爱、远行、结婚。当然除了前两者，以后的命运像电影般都是幻箴始料未及的。每个人都像舞台上的提线木偶，命运轨迹看似相似且乏味重复，都会有泪水与欢笑，绳断的那一刻颓然倒地。区别在于一些人是为博得刺耳的尖叫与掌声，有的人却被故事本身所感动，幻箴就是后者。她坚信，人生本身比故事辛苦得多。

幻箴出生于一个北方小镇，它有一个很好听的名字——青野。童年时时常流连于小镇的树木，杨树、法桐、樱花木、柳树。这样的绿色流淌在青野的每一条道路两旁，让她有一种童话般的错觉。作为一个乖巧安静的女孩，一直以来备受全家人的呵护。虽然成绩严重偏科，但也一路绿灯念到高中。相信自己能遇上一群明丽少年，可以安然度过最为充实的三年高中时光。后来的事情果真如她所愿，只是一切的结局却多了些许物是人非的味道，这也是远行以后经岁月沉淀体悟出的。谁都不是先知，可以恣意地在生命的最初极其冷静地回望这一生。正是这种种不确定性，我们的生命才充满了意义，才能不断寻找到活下去的理由。幻箴高中时的闺蜜是夏听荷，优等生，性格乖张，从来不笑。幻箴当初是如何与夏听荷成为死党，要从一个秘密开始说起。

高一开学那天，幻箴因家住在学校附近，所以早早来到教室等待新同学到来。特地挑了一个后排靠窗的位子，自动把自己和学渣画上了等号。待新同学落座后，教室里早已叽叽喳喳闹成一片。这时，只见班主任夏老师走进来，一同步入教室的是一个穿绿色棉麻长裙的姑娘，和穿白衬衫的夏老师一起让教室清凉了起来。绿裙姑娘扫了一眼教室，就顺势坐在了前排空着的座位上。幻箴远远望过去，看到绿裙姑娘的侧脸仿佛抿着嘴，拿出一张纸手帕，一点点用力把书桌和板凳擦干净。

“真是个洁癖！”幻箴心里想。

夏老师并没有急于介绍自己，转身在黑板上写下了两个字“夏安”。遒劲有力的两个大字，教室里瞬间安静了下来。

夏老师开口道：“同学们好，恰逢少年时你我相遇，愿三年后的此季你们安好，收获美好前程！我是夏安，是陪伴你们未来一年的班主任，教授语文，大家彼此认识一下吧！”

幻篋注意到全班都在低头讨论着如何开始一段特别的自我介绍，只有绿裙姑娘昂着头，始终面朝夏老师。阳光照下来，瞬时觉得身材高挑、长发披肩的她在一群短发短裤的高中生中美的不可方物。

幻篋的妈妈也在这所高中就职，虽然不站讲台教书，但也认得不少校内职工。回家吃午饭时，幻篋向妈妈打听了夏老师的底细。

“他呀，是我特地为你挑的班主任，名牌大学毕业，年纪轻轻就进入了这所重点高中任教至今，如今年近四十仍然单身一人，十年前收养了一个女孩，随了他的姓，叫什么荷花，好像也是在你们班呢！”妈妈眉飞色舞地一边为幻篋夹着菜一边小声说道。

“女儿？！”幻篋一下子想到那个绿裙姑娘，诧异了好久。

下午回到教室，还未上课，幻篋试着走向前排，对绿裙姑娘伸出右手，说道：“你好！我是孟幻篋，很高兴认识你！”

绿裙姑娘愣了一下，鼻翼微微抖了抖，缓缓起身，幽幽吐出几个字："你好，我是夏听荷。"并没有握住幻箴的手。幻箴的猜测得到了证实，便微笑着回到了座位。

从那以后，幻箴就喜欢品味着这个秘密，开始关注起夏听荷。她注意到听荷每天换着不同的棉麻裙子，有白色的、橘色的、淡蓝色、鹅黄色的，患有严重的洁癖和强迫症，喜欢整洁有序，不喜欢和人交谈，更多时候是自己一个人对着书本发呆。

幻箴觉得听荷的眼神有些忧郁，就像五月田野里成熟的麦苗，一片金色的海洋，却漫溢着无法向人诉说的孤独。在那样的年纪，每个人都会或多或少有一些"少年不知愁滋味，为赋新词强说愁"的小忧伤，偶尔向世界敞露自己青涩的懵懂，宣泄自己急待成长的迷惘。然而听荷仿佛没有迷惘，她的忧伤是真实的，更多了一层与生俱来的味道。她不愿敞露自己的过往，就像蝶变，自己独自享受破茧而出的痛苦与不安。当别的女孩子还挣扎在蜕变的边缘时，她早已成为一只优雅美丽的蝴蝶。只是，过早的成熟对女孩子来说并非一件好事。提前一步从童话故事里走了出来，看到了世界的不堪，过早没收了自己的眼泪，也过早选择了自己的相信。当女孩子学会并逐渐适应用自己的世界观审视周遭之时，她便容易偏执与极端。所以，听荷即便外表冷艳决绝，内心却脆弱晶莹。就像玻璃杯，容易放空，容易破碎。幻箴喜欢这样的女子，并且深信自己与听荷的缘分。

幻箴始终在思索听荷到底在想什么，那瘦弱白皙的皮囊下是怎样的一颗灵魂。于是，幻箴开始紧跟听荷，课间跑步时站在听荷后面，看她的马尾一甩一甩；晚饭时跟着听荷去操场溜达，还把妈妈做的便当分给听荷吃；晚自习休息时，把耳机的一端偷偷塞到听荷耳朵里。直到那天，听荷终于在一首陈小春的《独家记忆》的单曲循环中掩面哭泣。幻箴慌了，摇晃着听荷，跑回座位拿着抽纸盒，折回一并拉着听荷跑了出去。在楼后的拐角里，微弱的黄色灯光忽明忽暗，幻箴憋红了脸，着急得不知所措，只能轻拍着听荷，帮助她平缓心情。就在这时，下半节晚自习的上课铃响了，刺耳的铃声中，听荷哭得更凶了。

幻箴忙安慰道："没关系，这节课我们翘掉好了，反正是无聊的刷题，你学习那么好，不用做也都会了。"听荷犹豫了一下，没表态。

幻箴摇了摇手中的钥匙，说道"走，姐带你去撸串。"

说着转身去车棚寻找自己的自行车。说是姐，其实幻箴比听荷小三岁呢。幻箴出生在一座安逸的北方小城，到了晚上七八点钟，夜生活才刚刚开始，各种烤串、火锅的烟火气升腾起来，整座城市散发着"呛"

人心脾的香味。虽然是夏夜，耐不住蚊虫，可小城里的人们依然喜欢在路边摊或者大排档举起酒杯，嬉笑着。幻箴尤其喜欢一个人坐在这群人中，看喝得酩酊大醉的中年男子骂骂咧咧，看一群纹身的小青年光着膀子带着一两个香水味极浓的比自己年长些的姑娘，看一家人有老人有孩子都漏出豁了口的牙齿大口咀嚼着肉串。初中毕业后的整个夏夜，幻箴几乎都是这样度过的。幻箴总是对任何事任何人都充满了好奇心，因此也不会把全部心思都放在学业上，虽然学习成绩一般，但也因为妈妈的缘故理所当然地直升重点高中。听荷就不一样了，以全市前十名的成绩考进了这所高中，还隐藏了自己是养女的事实。

带着听荷一路狂奔出校门，趁着保安换班去厕所的间隙。在一家名叫“老王烧烤”的路边摊停车时，听荷跟老板要了一叠纸巾开始擦桌子和板凳。幻箴去点餐了，要了两瓶啤酒。落座后，无语，两杯酒落肚，听荷开始大喘。

幻箴问道：“你第一次喝酒吗？”

听荷微微点了点头。幻箴急忙把酒杯收到了自己那边，连声道歉。听荷脸开始泛红，幽幽吐出几个字：“你有喜欢的人吗？”

“轰”的一声，幻箴脑壳爆炸了。想来自己十五年的人生中确实不曾喜欢过什么人，就连追星也是一阵子。喜欢是什么感觉，比起暗恋，幻箴更享受自己一个人在大树掩映的小城骑单车的日子。幻箴摇了摇头，听荷又落下几滴泪，“等你有喜欢的人了，跟我来讲，我们交换一个秘密。”长长的睫毛下的瞳孔，犹如一个受伤的小兽。幻箴似懂非懂地点点头。

再回首，已是第二年冬季了。幻箴还是那个留着短发的小女孩，分科后，幻箴选择了更为容易的文科。而听荷却跟随夏老师去了理科班。两人偶尔课间见一面，匆匆聊两句又跑回去上课了。幻箴发觉了这一年多来自己身体的变化，微隆的胸部、愈发健硕的臀部，还有看见尚云天时内心翻滚着的感觉。尚云天是幻箴的同班同学，学霸兼班草，家境贫寒有野心，和偶像剧里的男主角那么像。

一天下课后，幻箴犹豫地问听荷：“你有注意到我们班的尚云天吗？”

听荷听后瞪圆了眼睛看着幻箴，幻箴躲避着听荷的眼睛，低下了头。听荷笑了，抱着幻箴说道“晚自习后，我们约在树林见，我们交换秘密。”

幻箴愣住了，猛然想起一年前的誓约，“这难道是喜欢吗？”带着一头雾水，幻箴恍惚着度过了晚自习。

“你见过黑色藤蔓吗？就是那种可以流出黑色素的生物，它只会缠绕，你越挣脱，缚地越紧。你把某些隐秘的小心思埋在花盆里，钉在墙壁里，甚至抛向大海。

“你见过黑色藤蔓吗？就是那种可以流出黑色素的生物，它只会缠绕，你越挣脱，缚地越紧。你把某些隐秘的小心思埋在花盆里，钉在墙壁里，甚至抛向大海。但它就像忠诚的狗一样，历经千辛万苦，仍然会重新附在你的身上，化作另一种声音。”听荷对幻箴说，她见过。她偷看夏老师洗澡的时候见过。

但它就像忠诚的狗一样，历经千辛万苦，仍然会重新附在你的身上，化作另一种声音。”听荷对幻箴说，她见过。她偷看夏老师洗澡的时候见过。她很害怕这样的情感，可越逃避，蔓延地越快速，直到把身心都占领。听荷回忆到，从夏老师把她从孤儿院里接出来的那时起，她就对这个大哥哥一样的“爸爸”有了亲情。渐渐地长大了，夏老师对自己越来越好，为自己梳头发，甚至为自己去超市买衣服和卫生棉。本该像父亲一样去尊重他，可不知为何，自己越来越迷茫在这样异样的感情中。她不敢说，只能用闪烁的双眸去逃避。她会怅然若失，她会哭泣，她会无缘无故地大声喊叫，但她就是不能面对：这个男人，是我的。

“我想我爱上他了。”听荷一字一顿讲出这句话。

幻箴听得心头直冒冷汗。什么是“爱”呢？想到那日听荷哭得那样梨花带雨，心中竟然藏了如此苦闷的秘密。再次打量听荷，才发觉当初那个绿裙姑娘的柔弱中蕴藏了如此坚毅的执拗，犹如洪荒之力，不可遏制。至此，幻箴不由得心头疑问，喜欢一个人到这样的程度，何况他是老师，何况他是养父也无所畏惧。

后来，幻箴才了解到听荷是被夏老师和前妻十年前支教时在贵州山区收养的孤儿，后来跟随夏老师分配到了北方的青野城。十年的守护，让两个陌生的人命运紧密联系在一起。夏老师的前妻在支教途中因山体滑坡死在了贵州大山深处。前妻死后，他在贵州待了一年，本打算在此奉献一生，后因家中母亲重病选择回乡照顾老母。夏老师至今孑然一身,深受学生喜爱。因怕学生议论，夏老师为听荷办理了住校手续，隐藏了收养的事实。听荷很争气，从贵州老家出来时还是个鼻涕虫，梳着羊角辫眼神呆滞，十余年的成长让她彻底脱胎换骨。夏老师精心呵护着听荷，给予了她最好的教育。只不过因为家教太严，朋友成为听荷成长过程中的唯一缺失。

就算如此,听荷依然收获了幻箴真挚的友谊。此前,听荷的世界只有夏老师一个人。

三日后，幻箴偷偷嚼着耳根 :“你打算怎么办？”

听荷蹙眉摇头。一向很有主见的听荷在爱情里是万般无奈。比起普通恋爱，禁忌的暗恋总是很容易让人心潮暗涌。再一次在楼梯口看见夏老师，幻箴已经浑身不自在。

“快点结束吧！”幻箴对着星空许了一个愿。

第二章 时光远行

以前总希望时光慢点走，现在更希望赶快结束高中生涯。看着自己最好的朋友终日沉浸在无尽的苦闷里，幻箴也日渐消瘦。高三来了，幻箴和尚云天开始频繁通信，尚云天激励自己好好读书争取考到同一个城市。因为两人对国际政治都感兴趣，每次和尚云天聊天，幻箴都觉得他的眼睛里有光，世界都仿佛是他们的。幻箴卯足了劲挑灯夜读，如愿以偿地考进了一所不咸不淡的本科学校，学了喜爱的中文专业。而尚云天的学习成绩却一落千丈，甚至在高三的后半学期转了学。转学当天，幻箴在微黄的灯光下拉了下尚云天的手，尚云天把毕业同学录的那一页提前给了幻箴。看到上面留了一个固定电话号码，“还是可以联系上的嘛！”幻箴依旧开心地笑着，因为她觉得那一摞比教科书还厚的信就是他们的约定，有了约定就是永远。

高考马上就要来了，两人约定好不再联系，直到高考后。听荷因备战高考也躲在教室不再出来。就这样，6月来了，又走了。高考结束，幻箴跳着去找听荷，听荷因大姨妈来了肚子痛得很，脸色惨白。幻箴把听荷扶到凉亭里，蹲下来给她扇着扇子。

听荷凑近幻箴说道："我要吐出秘密了。"

幻箴吓得一踉跄，劝道"真的吗？你已经决定了吗？如果结果不好怎么办呢？"

听荷抿嘴一笑"不好又能如何，夏老师已经养我到这么大，我也该走出这个家来回报他了"

"回报也未必以身相许呀！你可想好啊！"

"我分得清，我清楚我自己的心"。幻箴知道以听荷的性格是劝不住的。

回家后，幻箴吃着冰镇西瓜，坐在电话机前忐忑着播起了那个号码。

"您拨打的号码是空号……"

"怎么会！"幻箴手一哆嗦，勺子掉在了地上。

"为什么要给一个空号？是写错了？还是故意躲着我？"幻箴无从对峙，只能拨打起其他同学的电话拐弯抹角来询问尚云天的电话。可惜，他在每一个人的同学录上都填了同一个错误的号码。尚云天这个人是不上网的，QQ、MSN和人人网都联系不上他。要去他家一趟吗？在楼下等他？可等到了又能怎样呢？如果是可以躲避，又为何相遇。幻箴懊恼地想着"就算不给别人留联系方式，起码给我一个正确的吧！”幻箴回屋翻着那一摞旧信，那些在无数个晚上偷偷在被窝看了无数遍的话语，如今都散落了。

十日后，听荷发了一封邮件给幻箴。幻箴看到时已经是隔天了。胆战心惊地打开邮件，里面写道：

“幻箴，我要离开这里了。大学我不读了，不想再给夏老师添烦恼了。谢谢你这三年的照顾和倾听，祝你考入理想大学，成为你想成为的人，经历我无法经历的人生。祝好！”

“没了？！”短短几句话，结果是好还是坏？夏老师什么反应？听荷去了哪里？该不会是想不开选择自杀吧！想到敏感的听荷，幻箴脊梁骨一阵发麻，跑了出去。一路跑到夏老师楼下，三步并两步上了楼，猛敲夏老师家门。

开门的刹那，幻箴看到夏老师满眼血丝，一双大眼睛忧郁的耷拉着，黑眼圈快要挂到了鼻梁，连眼镜也没戴。

“听荷呢？”幻箴顾不得客套，直奔主题。

“她走了。”

“去了哪里？”

“没说，只说往南方去看看。”

幻箴冲进听荷房间，床叠得极为整齐，书桌上的茶杯盖还未盖上，一切像是听荷只是下楼去买早餐而已。衣橱却出卖了假象，里面散落着的是听荷的冬装，看来是收拾过行李了。

“你为什么不留她？！”幻箴转头质问道。

夏老师并没有回答，许是没了力气。不知两人经历了什么，是争吵还是哭泣，感觉一股浓郁的悲伤弥漫在房间。风吹过窗帘，绿色的风铃叮咚作响，像极了初见听荷的那个上午，明媚又忧伤。

青春中的我们就这样,来不及说再见。日后回忆起，遗憾中更多的是美好。一切太过纯粹，太过洁白，太过冲动。不必错愕，分开的总归是要再见的，因为地球和钟表都是圆的。

填报志愿的时候，幻箴对着志愿表，拿着放大镜在中国地图上寻找着南方的每一座城市。最终，用红色油性笔圈住了“上海”。就像《蜗居》中的弄堂，一闭眼就能浮现的样子，是王安忆笔下的小巷，是张爱玲吃过的口酥与穿过的旗袍,是《相思树》里描绘的梦想与爱，是吴侬软语的摇曳婀娜。

这个位于中国地图中间线上的陌生地名，离家的距离和离听荷的距离是均等的。志愿落定,幻箴收拾行囊，准备好了未知的旅程。

就像《蜗居》中的弄堂，一闭眼就能浮现的样子，是王安忆笔下的小巷，是张爱玲吃过的口酥与穿过的旗袍，是《相思树》里描绘的梦想与爱，是吴侬软语的摇曳婀娜。

第三章 大学女生宿舍

初来上海，一切是新鲜的。形形色色的人，有人穿着破烂、有人香气袭人、有人低头不语、有人行色匆忙。望着“上海火车站”这几个字，幻箴内心一片迷茫。不一会儿，学生会的学长学姐带领小分队来到人潮汹涌的上海火车站接站报到。学校离火车站并不远，一会儿学校就到了。砖红色的房子、温柔阔达的草坪、漫长的林荫道，这是幻箴对这所未来四年容纳自己几许悲欢学校的初印象。吆喝声，叫卖声，幻箴跟随在一个学长身后，学长极为热心地帮忙拉着箱子。

“你好！我是文学院的耗子哥，以后有事叫哥，哥罩着你。”幻箴抬眼一看，耗子哥根本名不副实嘛！长得又高又胖，还留了一个非主流的飞机头。

幻箴出于礼貌无奈地笑笑，“学长好！我叫孟幻箴，请多多关照。”

“孟幻箴，这名字好！到底是梦还是真？真真假假分不清，万事万物亦真亦假。”耗子哥打趣道。

从耗子哥那里领了饭卡和学生证、宿舍钥匙等等杂物，幻箴直奔宿舍。看到简陋的学生宿舍，幻箴还是会心地笑了。毕竟，从小城出来能上大学是个难得的机会。走到这一步，是自己和身边朋友共同努力的结果。这个大学，也是替听荷读的，得好好珍惜。

宿舍四人间，三位舍友分别是林弯弯、李沁儿和穆雪菲。大家都还在刚入学的兴奋劲里，叽叽喳喳相互打着招呼。简单地收拾了一下，四个女生就饿了。因为对学校附近并不熟悉，幻箴想起了耗子哥，打了电话，询问附近吃饭的地方。耗子真挺靠谱，接到电话十分钟就赶到了宿舍楼下。带着四个姑娘去了学校附近的麻辣香锅，点了一桌子菜。如今回忆起来，幻箴已经记不得那日说了什么，只记得麻辣的香味和酸梅汁的酸甜，和回去路上耗子哥那狼吼似的歌声。

回去已经很晚了，大家洗洗就睡了。那是幻箴、弯弯、沁儿第一次住校，多少有些不适应。雪菲从初中就开始住校了，她突然提议：

“反正你们今晚睡不着，干脆卧谈不睡了。我也陪你们。聊聊天就不那么想家啦。”

大家虽然困，但都有兴致，所以拉开了话题。弯弯是福建人，儿时住在圆形的土楼里，其祖父为盼台湾早日回归祖国而为其取名“弯弯”，父母经商，家境优越;沁儿是上海人，在弄堂里长大，父母是下岗职工，希望唯一的女儿能嫁得好龟婿，移民国外变凤凰；雪菲和幻箴老家离得近,驱车不过两小时,家里有个哥哥,父母在上海打工。你一言我一语的，姑娘们说着说着就睡着了。

大学坐落在上海，是一所并不起眼的本科学校。学校位于市中心，各种资源和实习机会极为便利，但同时诱惑也最多。四个女生最幸福的事情就是没课的时候逛遍新天地、田子坊、K11、华山路、M50、美琪大戏院、上海博物馆、当代艺术馆等文艺青年聚集地。那些玻璃橱窗里昂贵的衣服和甜品，那些琉璃灯下浪漫的餐桌和烛台、那些妆容精致的男人女人，都令幻箴心生惊奇。大学里总能见识各种各样的大神，学霸、恋爱达人、社团 King 等等。同宿舍的沁儿虽说是在魔都上海长大的，性格娇弱温顺，却是个十足的学霸，家里人对就读学校甚为不满，想送她去国外读研深造，硬要把她“包装”成一个海归，因而从早上八点到晚上八点几乎见不到沁儿，除了周末回家过，沁儿过得比这些外地求学的学生还要辛苦；弯弯则是恋爱达人加社团 King，琴棋书画样样精通外，加身材傲人，一出手就俘获了众多学长，顺利成为文学社、广播站和舞蹈社三大社团的主力担当，十足的女王范儿；雪菲家境不好，平日里不善言语，大一开始就担负起替自己不争气的哥哥还房贷的重任，没课的时候就去做各种兼职，挣的所有钱扣除生活费后都悉数打给妈妈。雪菲和幻箴几乎承担了打扫寝室的责任。幻箴也加入了学生会，在文艺部帮部长办着一些不大不小的活动，偶尔去拉拉赞助。平日里也去福利院看看老人，陪老人唱唱歌。当然，这一切都有耗子哥陪着。一直到大三前，日子就这样不痛不痒地过着，偶尔争吵却也静逸。

第四章 社交达人

大学里最热闹的除了迎新晚会就是社团纳新了。到了纳新这天，各大社团真是八百般武艺都使了出来。一些乐器社甚至把自己包装得像是红白喜事现场，和旁边的街舞社的 Hip-Hop 音乐声混杂在一起，如此有喜感。对面的太极拳社就这样不急不躁地找来一些宅男穿着白色大褂打着太极。一路看过去，四个姑娘嘻嘻哈哈的也加入了一两个社团，交了会费。弯弯甚至还收到了男生递的名片。

“呦，弯弯，那个男生不错呢！”幻箴打趣地推搡着弯弯。

“是呀，和偶像剧里的演员差不多，可以演男二了”，沁儿捂着嘴笑。

“这就不错啦，什么审美啊，高度不够，颜值也凑不够啊”，弯弯也笑嘻嘻地回应，四个人笑作一团。

“别说了，让人家听见了多不好”，雪菲嘘了一声，大家忙止住了讨论，打闹着走了。

这天开始，弯弯不停地收到各大社团负责人的电话。大多是以社团活动为理由约吃饭看电影的。弯弯偶尔也去一下，说是必要的应酬。刚开学的时候，四个女生都是集体活动的，很快就各自忙碌了。只不过弯弯有一日回来很晚，那时大家都洗漱准备睡了，幻箴一边刷着牙，一边看着弯弯跌跌撞撞地推开了寝室门。幻箴赶忙漱了几口水，跟了进去。

“你怎么啦？”幻箴闻到了一股酒气。

“没事”，弯弯已经趴在了桌子上。

“你不能睡这儿，快去床上睡”，幻箴边说边开始拉扯弯弯。可能是太用力了，把弯弯弄疼了。不只是因为被拉疼的原因，幻箴看到弯弯脸上有泪痕。

“哎呀，要你管！”弯弯突然大吼一声。这一声把雪菲也吸引过来了。雪菲帮幻箴一起把弯弯架到了床上。

幻箴和雪菲又出寝室继续洗漱。“雪菲，你说弯弯为什么喝酒啊？”

“因为开心或不开心的事呗。”雪菲揉着洗面奶。

“哦，那她不是故意冲我吼的吧？”幻箴试探性地问道。

“不是，别多想了，下次这样的事就不要那么积极了，否则招人烦”。

幻箴没想到宿舍生活中还有那么多需要学习的地方。正想着的时候，沁儿从图书馆学习回来了，因为爬楼梯而气喘吁吁的样子。

“哎呀，累死我了，幻箴我借你口水喝。”沁儿显然没有意识到弯弯睡着了。

“嘘，小点声”，幻箴指了指趴在床上的弯弯。

沁儿还没来得及反应，弯弯已经从床上起来了。“谁吵的？打扰别人睡觉真没素质！”弯弯酒还没醒，摇晃着脑袋。

沁儿没想到弯弯会这样讲她，也不甘示弱地回击道：“你有素质，你这一身酒气真有素质，天天出去浪还好意思说人家。”

“你说什么！”弯弯抓起幻箴帮她放在枕边的水杯朝沁儿扔去。不偏不倚，刚好砸在了沁儿的手上，玻璃掉在地上碎了一地，热水又把沁儿的脚烫伤了。

“啊！”沁儿尖叫一声，脚面顿时红肿起来。雪菲让幻箴去接盆冷水，自己去找扫帚扫起了玻璃渣。

许是被自己吓到了，弯弯有些清醒了。看着大家忙起来，有些不好意思了。幻箴打来一盆冷水，让沁儿冰脚，还把一条毛巾用冷水蘸了蘸让弯弯清醒一下。

然而弯弯什么也没说。她不知该如何开口说抱歉。雪菲招呼大家都睡了吧，明天一早陪沁儿去校医务室看看，严不严重。幻箴也觉得这样最妥当就关灯睡觉了。

那一夜，幻箴思来想去睡不着。她不理解明明是好姐妹，为什么会突然争吵起来？第二天，弯弯很早就出门了,也没能和大家一起陪沁儿去校医务室。从此，弯弯和沁儿不再讲话，宿舍变得尴尬起来。不过因为两人白天都很少出现在同一场合所以还好。幻箴依然觉得怪怪的。

学生会很快也开始纳新了。沁儿和雪菲对此毫无兴趣，没有参加。弯弯报了外联部，幻箴本来想报学习部，后来想了想还是报了喜爱的文艺部。通过层层考试,两人都顺利成为学生会的一份子。加入学生会后，弯弯更忙了,几乎见不到人影,身边的追求者越来越多，不是送花就是项链、包包、香水。送东西的人也从校内扩展到校外。弯弯一直不动声色，说是要捞个大的。

幻箴的生活就简单多了，虽然在学生会，依然有很多时间可以泡泡图书馆，在国画社学点国画。平日里，还去医院和行政服务中心做做志愿者。接触了不少上海老人，幻箴觉得不会沪语真的是个很大的障碍，于是利用课余时间开始学习沪语。日子就在愉快地忙碌中过去了。

第五章 兼职市场被攻占

幻箴和雪菲平日里最要好。雪菲一入学就做起了各种兼职，还自己批发过衣服在校园跳蚤集市里卖。幻箴受她的影响也开始利用周末时间做起了兼职。不做不知道，一做吓一跳。第一次通过网络报名去做兼职才发现，上海竟然有那么多大学生在外面做兼职。各种奇葩的兼职经历令幻箴大开眼界。

比如关于各类明星演唱会的兼职。幻箴以为是明星经纪公司在演唱会现场卖周边产品。不，明显想错了，其实是全国各地来的打工者找大学生帮忙摆地摊在天桥卖荧光棒和自己在打印店彩打的明星海报。在虹口足球场、梅赛德斯艺术中心等场馆外，寒风中被城管和演唱会现场保安驱赶着，吆喝着，一天下来赚个一千块钱只能分得百分之十的提成。一个演唱会下来，最早也要到晚上十一点了。

比如游乐场的卡通玩偶人，幻箴以为穿着卡哇伊的衣服和小朋友拍拍照，顺便逛逛游乐场。其实衣服里面空气极闷热的不行。在欢乐谷、锦江乐园一站就是一天。一天下来连口水都没办法喝，更别说随意走动了。因为服装的设置，都没有办法坐下休息，只能不停地摆着手去跟游客打招呼。一天下来也只有一百块。

比如发型模特，幻箴以为就是去了烫个头发拍张照片美美地走了，结果烫什么发型不能自己选择不说，就连钱也得等过几日回访时才给。烫的难看了都不能自己去修理。

再如 APP 地面推广更是磨人。幻箴以为就是扫码求关注送礼品，然而是要软磨硬泡到路人下载了做完了调查问卷才算一个工作量完成。一般情况下累积到三十个以上才算有了底薪，否则做到一半放弃连底薪都拿不到。

还有一类非正常的奇葩兼职，比如“替课族”和“访谈族”。“替课族”就是一些公司里面的创业体验课程等需要挂机的课，很多职工不愿意去听，就在网上找人代上课。从上海地区看替课已然成为一种产业，采用 OTO 模式，群头负责利用线上兼职平台发布消息，替课族报名后短信通知时间地点，结束后群头统一微信群发红包作为工资。且范围涵盖从高校到政府企事业单位人员的各种技能培训、讲座等。替课族各学历阶段都有，跨校跨区跨行业，往往人员爆棚。这样一天下来也不过六七十块钱。“访谈族”薪水稍微高一点，一次访谈下来大概两百元左右。但是访谈的内容奇奇怪怪,你还必须要回答的多且全面。比如化妆品的访谈、音乐软件的访谈，多是一些用户需求调查。做到最后只能硬着头皮瞎掰。

不论哪种兼职，都是人满为患，供大于需。就这样做了几周之后，幻箴觉得身体劳累不说，钱更是挣得少得可怜。突然觉得自己在学校读书是一件很幸福的事。自己拿着这两个月来做兼职挣到的钱，想起了爸妈，拿起手机给爸妈打了个电话。

“爸，妈，你们好吗？”

“咦，挺好的呀，是不是没钱花啦？”爸妈还以为幻箴在学校缺钱了呢，忙问要不要打点钱过去。

“不，不，”幻箴忙说不用，“我自己挣到了钱，就是想爸妈了，想听听爸妈的声音。”

妈妈在电话那头嘱咐幻箴好好学习，多读书多锻炼。幻箴放下电话思考了一下，与其在外面瞎跑漫无目的地打零工，还不如趁着大好年华在学校好好看书，学点本领，至少把专业课学好，将来也能找个好工作。渐渐地，幻箴泡图书馆的日子又多了起来。

第六章　学霸的生活你不懂

说起泡图书馆，沁儿真是“专业泡馆一百年”。每天早上，幻箴还没睁开眼，沁儿就收拾好准备出门了。只能拜托沁儿帮忙占个位置。沁儿并不是喜欢图书馆里安静清凉的环境，而是要背完那厚厚一本的雅思单词，刷完那四套听说读写的真题书。

“有了雅思成绩才能跨出出国第一步。”爸妈几乎每个周末见面都会讲这句话，搞得好像沁儿一周都没看书一样。

“知道啦，我会好好努力的”，沁儿懒洋洋的回答。

“你得知道这是为你好，为你将来能去国外发展，有出息。”

“有数啦爸爸”，沁儿还没说完，妈妈又嘱咐道：“千万别在大学谈男朋友啊，以后去留学了谈个外国人。你是要嫁老外的晓得吧？”

一定出了国才能有出息吗？一定要嫁个有钱的老

外才是人生赢家吗？这是父母的观点，沁儿并不能认可，但也无力反驳。只能随口扒拉两口饭，又回屋想要避开父母的叨扰。

沁儿已经把手机里的歌曲全部换成了英文歌，平板电脑里的电视剧也换成了美剧、英剧，平日里常去的地方除了图书馆就是英语角。简直把所有都献给了英文。这一年多的学习生活也有帮助，毕竟英文能力有了很大提升，看美剧已经不用看字幕，和留学生交谈也不再词穷，拿了奖学金，还获得了在国际交流学院做教学助理的机会。学校交换生的报名通知一出，沁儿的雅思成绩也出来了，已经超过了最低要求。期末考试成绩也出来了，各科成绩都是 90 多分。沁儿终于松了口气，递交了申请。

现在除了图书馆和英语角，国际交流学院的留学生教学楼也成了沁儿常去的地方。沁儿说喜欢站在讲台上的感觉，比起外国文化，她更喜欢把中国的文化和语言讲给留学生听。她还细心地给每一个留学生起了中国名字，把一些课本教材上没有的日常用语写在卡片上发给留学生们。留学生的年级参差不齐，什么年级、国家、身份的人都有，可都很喜欢这个认真的小李老师。沁儿每晚回到寝室，都会准备第二天的教案，不管是简单地会话练习的提问，还是单词的听写，都会试讲一遍，生怕有遗漏。课余时间，沁儿还联系社团的同学，带留学生们去体验茶艺，打打太极拳。有几次还带幻箴去教留学生画国画呢。

幻箴越来越佩服沁儿，她觉得沁儿是个名副其实的学霸，不仅专业课考得好、多次斩获奖学金，英文棒，大一就修完了所有的选修课学分，关键是对待做事的态度极为用心。认真的女孩最美，在幻箴心中，沁儿快要美成女神了。

第七章 大三，各赴前程

大三来了，在品尝了大学为何物之后，每个人该为了自己的前程和着落做出选择了。学分基本都在大学前两年修够了，大学英语四六级考试也都顺利通过了。没了课业的负担，大家都开始思索未来。沁儿最先声明要出国交换一年，因此在大二的时候就早早递交了英文成绩和资料，如愿拿到了去往英国某知名大学的offer，家里早已一片欢腾，沁儿的学习生活终于不再那么辛苦；一向不吭不响的雪菲也表态去支教，到贵州，说是为了体验生活，其实幻箴知道雪菲只为了能拿到比较多的奖励和补贴减轻家庭负担，以及回来参加公职考试的加分政策，雪菲的爸妈虽然心疼女儿去山区受苦，但还是在儿子房贷的压力面前默默同意了；弯弯则没有动静，开学以来就没个人影，不知去了哪里，电话也不回，听同学背后议论她傍上一个富二代；幻箴决定去电视台实习，虽然没有实习工资，却是自己期待已久的行业。

沁儿和雪菲10月份就要暂时离开上海了，幻筬提议来一场旅行和一次聚餐。自从开学那次聚餐以来，大家都各忙各的，很久没有好好聚一下了，尤其是弯弯，神龙见首不见尾的。于是三人相约等弯弯回来再聚餐。

三个青春活力的大学女生开始了她们的自由行。从大连、北京、天津，到云台山、青岛，再到南京、杭州、苏州，南昌，一直南下到厦门、香港、澳门。一个月，走过了祖国的南南北北。一个月以来，三人在大连星海湾沙滩公园坐过惊险刺激的海盗船和跳楼机；在北京的南锣鼓巷吃过糖葫芦；在青岛玩了一把潜水；曾夜游夫子庙秦淮河；也曾在西湖边上体验烟雨朦胧之境；在苏州听了一支正宗的昆曲，汩汩的水磨腔，温润着三人；也曾在南昌八一广场呆坐一夜，叙说青春理想；在鼓浪屿上吃着肠粉和沙茶面，发现了一个叫“猫街”的文艺聚集地；又在尖沙咀海旁的香港艺术馆欣赏了一天的艺术品。旅行中，三个女生经历了种种。尝试了飞机、高铁、动车、绿皮火车、轮船、竹筏等各类交通方式。因为是穷游，所以还尝试了各处的青年旅社，当了一次沙发客，离开的时候帮主人打扫好了房间浇了花。旅途中不仅有欢笑，还有苦涩。

在南昌火车站退纸质票并改签时，钱被偷了。沁儿和幻箴都慌了神。雪菲提议说之前看到有电视节目真人秀里，有明星身无分文就写个牌子借钱。于是，死马当活马医，三人找来火车站的一个废弃纸箱，撕开摊平，上面写道

“我们是大学生，钱被偷了，谁能借我们车费，我们回上海后一定还你。”

举着牌子站了一个多钟头都没有人愿意理会，反而是有不少人投来鄙夷的眼光，并小声说道“骗子”。终于，在一个半小时以后，有一对老夫妻走过来，也是同路回上海的。三人把学生证和身份证给老人看，老人借给了三人一百块钱，并留下了电话。

坐了整整十四个小时到上海，后来真的找到了老人并把钱还了回去。一趟旅途，感受到了世界的恶意与美好，更加相信人性中善良的那一面。旅行是青春中的特有记忆，那些用脚步丈量出来的山川河流，那些旅途中发生的奇奇怪怪的事，成为日后加班到深夜时的最好回忆。

直到 9 月的最后一天，还是没能等到弯弯，只回了一条短信:“我很好,学校那边帮我掩护一下。”无奈，三位小伙伴相聚在一家江浙菜餐厅，吃起了“最后的晚餐”。

“干杯！为了我们的青春和不灭的理想！”幻箴叫道。

“干杯！祝我找个帅哥老外生个混血宝宝！”沁儿笑嘻嘻。

“干杯！祝我成为富婆去自己想去的地方！”雪菲拍着胸脯。

三声呐喊过后，数瓶啤酒下肚，沁儿竟然泪眼婆娑。想到自己要在异国他乡只身度过一年的光景，甚为担忧。雪菲则坚强得多，还助兴哼起了歌，提议吃完饭去 KTV 接着嗨翻下一场。幻箴选择了最为稳妥的方式继续自己的生活，无可担忧。KTV 里，沁儿嚎啕大哭，雪菲一连几首《青藏高原》还是没能压过沁儿的哭声。

这就是当初的我们，理所当然的考虑着自己的人生，在设定好的轨道上推进。然而命运从来不曾被设定好，命运本身就是无法把控、充满意外的，这一秒的甜或是下一秒的苦，这一秒的苦可能会化作下一秒的甜。

三日后，幻箴去机场和火车站接连送走了沁儿和雪菲，却在这个夜晚迎来了弯弯。看到弯弯的时候，幻箴一脸诧异，从头到脚一都不一样了，可又说不出哪里不一样。弯弯尴尬地和幻箴打了声招呼，就蹲在地上开始收拾行李。幻箴注意到弯弯一直看着手机，像是在等电话。可电话始终没来，弯弯也没有再说第二句话。

第八章 实习，你以为只是泡咖啡？！

实习生活正式开始了。幻箴被分配到了新闻部。实习前，幻箴做好了攻略，也跟很多学长学姐打听过实习的内幕，很多人的经验都是“给老板泡泡咖啡喽”“打印打印文件叫个外卖什么的”。第一次被带入电视台主楼时，幻箴觉得在这个地方工作的人好生让人羡慕。穿着昂贵的衣服，画着精致的妆容，说着一堆听不懂的术语，讨论着下一季度的选题。日程表和实习计划下发了，幻箴发现成为电视台的实习生有很多需要学习的，剪辑、拍摄、串词、脚本等等。更多时候，幻箴只是采访时拿拿三脚架，回到办公室用笔记本电脑敲打着记者们采访后的同期声，然后把多余的采访镜头减掉而已。就这样，日子已经安排得很紧凑了。耗子哥一直陪在幻箴身旁，像个跟屁虫。两人在上下班途中打打闹闹，日子倒也欢乐。

上下班路上，幻箴喜欢用手机拍着这座城市的花

幻箴喜欢用手机拍着这座城市的花墙，它们低低矮矮却兀自灿烂着。每天吸食着女人走过的香气，老人身上的肥皂气，男人的酒气、烟气，当然也有鸣笛后的废气。被移植到墙壁前，已经是一朵成熟的生命，墙的存在改变了自身的生长顺势。即便倾斜着，仍然迎着阳光。它一声不响，却衬托出了一座城池的美丽与情调。

墙，它们低低矮矮却兀自灿烂着。每天吸食着女人走过的香气，老人身上的肥皂气，男人的酒气、烟气，当然也有鸣笛后的废气。被移植到墙壁前，已经是一朵成熟的生命，墙的存在改变了自身的生长顺势。即便倾斜着，仍然迎着阳光。它没有脱离大地，土壤就是它满满的财富。簇拥在一起，努力生长着，每天都有新的颜色。它一声不响，却衬托出了一座城池的美丽与情调。她极为感谢这一抹生生不息的生命体，给了自己无限的希望，在这个钢筋水泥的城市温存地生存下去。

可实习生活不能再日复一日的简单劳作中打发掉，幻箴觉得应该学习更多的技能和知识。买了一堆新闻采访、剪辑的书不说，还立志成为一个勤快的姑娘，每天上班前都把同事的水杯洗过冲好茶水，还贴心地记住了每一个人爱喝的茶、咖啡、果汁的品牌和口味。在工作中也是勤学好问喜欢钻研，遇到不会的就主动去问，很快就和部门的同事打成了一片。

秋天渐渐深了，一日上班时幻箴正戴着耳机强忍着精神听着同期声，一个高大帅气的男子推门而入，对着幻箴微微一笑。那一下,幻箴整个人像通了电一般。眼睛，那湖水一样的眼睛，隐藏在长长的睫毛里。幻箴感觉自己被击倒了，只记得那人身上飘来的果茶香。

“部门调来了新的制片人，大家欢迎！”副台长微笑着拍着他的肩膀，一副很信任的样子。

“大家好！我叫林峯，从今天起，我们一起进步共同成长！不做新闻民工，做一个有情怀的新闻工作者。”

幻箴自带滤镜的眼睛注视着这个男人。刚好带教老师又调换成了林峯，都不敢正面直视他。直到有一日，林峯叫住了幻箴。

“等等，你叫孟幻箴是吧？你是不是怕我啊，怎么老躲着我呢？”

“啊……不，前辈，我正要去送编导片子。”

“下午采访你和我去，提纲我待会发公邮，拿着话筒和三脚架，摄像机我来带，你看看我是怎么调度的教你一下。”

“哦，好……”幻箴慌张着急忙回屋去准备下午采访的物品，在打印室一头撞上了一个庞然大物，幻箴连忙道歉，抬头一看竟然是耗子哥。

“这么着急干嘛？忙手忙脚地一点也不像女孩子，啧啧啧……你要是撞上的是制片或导演可惨喽！”

“去！别嘲笑我了，第一次跟大 BOSS 去采访，能不紧张嘛！平日里光顾着听故事了，连摄像机怎么调试都还不太会。”

“哥来教你，怕啥！叫声师父，我教你看家本领。我们幻箴最聪明了，一学就会。”

电视台是出了名的“拿女生当男生用，拿男生当牲口用”。耗子哥因为是难得的“苦力”，所以早就练成了一把好手，能拍会剪，能说会修，简直快成师父了。幻箴可不会屈服于这样的二把刀师父，赌气走了，耗子哥跟在身后，连忙道歉：“好了好了，我是徒弟，徒弟现在教师父行了吧！”

幻箴扑哧笑了。就这样忙里忙活一小时，终于把注意事项讲清楚了。幻箴还是忧心忡忡的，生怕出错。

“怕啥，你们 Boss 是出了名的老手了，在事业上和情场上都是身经百战啊！光凭套路也不会轻易出错的啊！”

“什么？你胡说什么！”

“本来就是啊，实习生里都传遍了，他做过好多综艺节目的导演呢！又是科班出身，望尘不及啊！”

“我是说后一个，你说他……”

“哦，我也是听部门其他老师说的，林峯林大才子是因为和某综艺部门的女编导关系不清不楚才被调来做新闻的，对了，说到这里，你还要注意点呢……”

“你瞎说什么！”幻箴涨红了脸，心扑通扑通快蹦了出来。“一定是谣言，林峯怎么可能是那样的人。”幻箴内心暗自思忖着。

下午驱车前往采访现场的路上，幻箴始终没把心思放在采访对象上。林峯趁着乘车的空隙小憩了一下，气氛因沉默凝重了起来。从采访车下来时，林峯先独自跳下车，幻箴回了神正准备背起采访包回身拿三脚架，这时林制片竟然伸出一只手接过了三脚架，用另一只胳膊让幻箴扶着下了车。进入电视台三周了，还没有同事注意过自己。下雨淋湿了仍然要脱下外套护着摄像机，暴晒脱皮时也要站着拿采访本记录，甚至连工作餐都会忘记帮实习生点，还要去餐厅吃“收尾饭”。林峯的这一伸手，幻箴觉得暖暖的。

整个采访过程中，林峯和幻箴都是用眼神交流的，几乎没有多说过一句话。幻箴觉得林峯情商很高，第一次看见采访对象如此配合。不管是聊到书籍、电影、政治、经济，林峯总能恰到好处地接上话，并且引出下一个话题，既不尖锐也不肤浅的问题。幻箴感慨自己太过稚嫩，需要学习的地方还有很多。

谢绝了采访对象的宴请，采访回程途中，林峯递给幻箴一瓶水。

“累了吧！”

“谢谢，谢谢林老师！”

“别叫我林老师，叫我林吧，朋友都这么叫我。”

“朋友，我们……”

“怎么，不愿意跟我做朋友吗？臭丫头！”说完温柔地摸了摸幻箴的短发。

“啊！不……”

“你跟个假小子一样，什么时候长发及腰呀！”

“林大才子，你别逗小朋友了”司机师傅也跟着打趣。幻箴涨红了脸，躲避着他们的目光。

回去后，幻箴发现耗子哥还没走，趴在休息室的桌子上睡着了，口水都流了出来。幻箴拿冰水放在耗子哥的衣领里，耗子哥一下子从椅子上蹿起来，大声呼喊着：“下冰雹啦！”

“哈哈哈，你这个笨蛋！”

“啊…… 你回来啦！”耗子哥一边揉着惺忪的睡眼，一边嗔怪道：“别拿老年人开玩笑，小心脏受不了你！”

“知道啦！你怎么还不走，回去睡嘛，在这里睡让领导看见了多不好，拿办公室当家了。”

“还不是担心你嘛，看你中午那紧张的样子，怎么样，还算顺利吧！”

“还好啦，东西已经归还了，录像带明早上传，林Boss让我先回去休息。咱们走吧！”

出了电视台的门，地铁都停运了。夜色凉如水，耗子哥把外套一脱，披在了幻箴身上。刚刚想装英雄，一个打喷嚏惹得幻箴又笑起来没完。她用力锤着耗子哥，直到耗子哥吱吱叫痛。“我知道还有一班公交车，可以到学校，现在跑过去的话，还能赶上末班车哦！”

“那快跑吧，衣服不用了还给你，姐要放开了跑哈哈！”

夜很凉，在呼哧呼哧的奔跑声中，美好的单纯的青春稍纵即逝。那时的我们很穷，为了省钱很少打车，为了赶上一趟两元的末班车拿出百米冲刺的拼劲。可是，夜色除了星空还有霓虹灯。这世上没有什么是一成不变的，人心尤甚。

第九章 少女心泛滥

实习生活倒也算顺利，因为林峯的存在，幻箴每天都在盼望着上班。早晨叫醒自己的已经不是闹钟而是林峯。一同住在宿舍的还有弯弯。弯弯已经不再那么欢快了，一天也说不了几句话。她办了张健身卡，天天看她背个运动包去健身房流汗，很晚才回来。

一天晚上，幻箴下楼打水，在一楼的楼梯隔间里传来弯弯的哭声。

“你怎么能那么残忍，我把最美好的都给了你，你知道的，你把真心喂狗了！呜呜呜……我对你那么好，如果全是为了钱我为什么要对你那么好！我那么喜欢你，每天都给你做早餐，每天都给你洗衣服打扫卫生，每天给你切水果，你的一切喜恶我都记下来了，我想和你在一起，你为什么不要我？呜呜呜……我最牛掰的事情，是把你给睡了！”

幻箴听得惊心动魄，极为震惊。平日里只觉得弯弯比其他女孩子更为外向开朗一些，对待感情也始终拿得起放得下，却不曾料到弯弯最傻，一头栽进被金钱装裹的美化的爱情里，连坟墓都没爬到就牺牲了。

幻箴犹豫了下,转身上了楼,坐在寝室等弯弯上来。凌晨一点，弯弯才揉着哭肿的眼睛走进寝室。幻箴二话没说就一把抱住了弯弯。

“没关系的，都过去了！有我在呢，我还没谈过呢，你比我勇敢多了，所以今后也要勇敢下去！”

弯弯许是哭累了，只是倒在幻箴怀里啜泣着。哭着哭着就睡着了，口中还喃喃着“不要离开我”。幻箴就这样愣了一夜的神，想着爱情真是个可怕的东西，在做好万全准备之前千万不能碰，简直比火坑还可怕，比十八层地狱还可怕。

第二天顶着黑眼圈去上班，无精打采。幻箴先去台里的咖啡厅点了一杯美式咖啡，为了提点精神。结账时恰巧碰到了林峯。林峯说了句“一起”就刷卡付钱了。幻箴还没回过神来，林峯已经把两杯咖啡一起端走了，边走边说“走吧，丫头，迟到了可是要写实习差评了哦！”

“好，好，您等我下！”

“不是说了不要用敬语了吗？叫我林。”

“林……老师”

“随你吧，你先把昨天的采访录像上载，同期声听出来，稿子你来写，粗剪片给到美编。”

“好的……咦，稿子？确定是我来写吗？”

“不要质疑我的话，听不清楚下次拿录音笔记录，废话不说第二遍。”

“Yes, Sir！”幻箴不敢再耽搁，连忙乘电梯去办公室写稿子去了。“奇怪，林峯为什么把写稿的任务给一个实习生呢？还是第一次写稿的实习生……”连忙发微信给耗子哥求救。

耗子哥这回正准备调试话筒，去帮忙补拍素材。接收到幻箴的求救信号，赶忙去邮箱调了几篇稿子发给幻箴，让她比着葫芦画瓢。写完后先发给他看看再给林 Boss 过目。幻箴认真地写完了稿子，连忙发给了耗子哥，无奈耗子哥外出无法及时查收邮件。林 Boss 短信来催了，幻箴赶忙检查了一下错别字就发到了公邮。

二十秒过后，幻箴收到短讯说：“丫头你上来一下！”

幻箴赶忙拿着笔匆匆去摁电梯。19 层，是主编、导演、制片人的汇聚地，所有栏目的负责人都在这里办公。人们都开玩笑说熬过了 18 层地狱就能坐到 19 层的位子。第一次去传说中的 19 层，幻箴又紧张起来。电梯间里漂浮着星巴克和 COSTA 的咖啡味、高跟鞋的撞击声和微信的提示声。幻箴从电梯间的镜子里看到了自己的脸，竟然略带沧桑，乱糟糟的头发用发卡夹住刘海，一双已经发灰的运动鞋。

“才 20 岁啊，怎会这样不堪”，幻箴心想。再看看身旁的人，明晃晃的手表和耳环，一身干净利落的职业装，高级香水的气味，红红的嘴唇。瞬间觉得自己不该来到这个世界，想找个地缝钻进去。随着楼层升高，电梯间的人越来越少。19 层到了，幻箴深呼一口气，踱步出去。

一进办公大厅，幻箴发觉这里的办公气氛和下面几层的感觉完全不同，安静得很。幻箴轻手轻脚地巡视着林峯的座位，直到最里边的位子才找到了他。还是在一摞厚厚的书背后。

林峯打了个哈欠，“啊，上来的挺快嘛！总体还行，还是要大改一下。”说完就直接用电脑开始码字。幻箴来不及坐，拿笔慌忙记着。

从楼上下来前，幻箴看着窗外的高楼大厦，玻璃明亮地刺眼。幻箴随手拍了一张照片，心想“在这样的地方上班还有什么不满意的呢？”然后匆匆下楼去改稿子了。

刚落座，就收到林峯的短讯：“明早外地去采景，准备一下，穿个舒适的鞋子，还有，不要再熬夜了哦！”后面还跟了一个笑脸。幻箴莫名地开心起来。

第十章 丫头，丫头

“什么事那么开心啊？中奖了吗？”耗子哥采访回来，疲倦地在茶水间接着热水。

“没有啊，我每天都很开心啊！”幻箴歪头吐着舌头。

“看你这么喜欢这份工作，该不会毕业后要留下来吧！”

“也说不定，看心情喽！”

“哎哟我去，听哥说，哥的实习经历比你丰富，电视台这种国企很难进来的，就算留用了也是个码字的、扛机子的，你一个女孩子何苦呢！”

“不，我不是新闻民工，我要做有情怀的新闻工作者！”幻箴嗔怒道。

“你这是被谁洗脑了啊？不会是咱学校的老师吧！”

“要你管，你不做我做，你要不做趁早离开这里，去康庄大道吧！”

“我自有离开的那天，到时候你可别舍不得啊！”

“说舍不得了，谁是小狗！”幻箴看了看表，想起林峯的短讯，决定今天早点下班回去休息，迎接明天的拍摄。

因为前天熬夜的缘故，幻箴起晚了，胡乱穿了衣服洗了把脸就出门了。幻箴怕等公车迟到，破天荒地摇招了辆出租车。急匆匆赶到单位，正赶上林峯来巡视实习生签到。“还好赶上了”，幻箴长舒一口气。

“你快准备下，拿好电池、话筒、清洗带和采访稿，采访车在楼下等着了。”林峯笑着对幻箴说道。

“马、马上！”幻箴连气都不敢喘，就拿起前一天准备好的东西起身下楼了。驱车三个小时，终于到达了目的地。被告知要爬山，幻箴才发现自己穿了内增高的皮鞋。“哎呀，出门太急忘记换鞋子啦！”幻箴担心拍摄中会发生意外。果然，怕什么来什么，幻箴还是不出意外地崴脚了。“啊”的一声，全组随行的人都吓了一跳。瘫坐在一片杂草中，被高高的枝杈划伤了，幻箴觉得尴尬无比，想起又起不来。这时，只见一人遮住阳光将幻箴一把背起，连同幻箴身上绑着的背包和三脚架，这个人就是林峯。林峯一边指挥着摄像师不要耽误拍摄，一边让随行的人按照原有进度进行。幻箴又一次涨红了脸，在林峯背上一声不敢吭。直到下山到休息室，林峯把幻箴放回到座椅上，幻箴也没能和他说上一句抱歉和谢谢。回到台里后，林峯把东西扛到了楼上编辑室，又匆匆下来让幻箴等他。幻箴不明白自己这个“残疾人”还能做什么，于是怀着歉意在一楼大厅的台阶上坐着等林峯。五分钟后，林峯从楼上下来，手里拿着一瓶云南白药和一袋冰包。

“你这个伤我在回程的路上观察过了应该不要紧，这几天你就不要来实习了，修养几天，按时冰敷，痛的时候喷点这个有效果。”林峯不由分说地把东西塞给了幻箴。

“可是……”幻箴犹豫着没把话说出。

“放心，实习评语我不会把这次事故算进去的，你还要好好表现！一会你坐我的车走，学校地址给我下。”林峯又是一把公主抱将幻箴塞到了车里。幻箴忽然想起了耗子哥，赶紧发了个短信过去说林 Boss 今天大发善心亲自送自己回学校。

耗子哥没回短信。

幻箴回学校后，弯弯出来接的她。和林峯道谢后将幻箴扶上了楼。因为活动不便加上脚肿，幻箴便手机一关就睡觉了。直到第二日被弯弯叫醒，幻箴依然半梦半醒地昏沉沉的。

“幻箴，醒醒！耗子哥在咱女生宿舍楼下等你呢，满眼通红，说是要见你。”弯弯急促地说道。“要不我把他带上来？现在都去实习了，也没什么人在寝室。”

“这家伙干嘛一大早来找我，哦，对了，忘记跟他讲这几天我不去实习了。好，我换身衣服，你去带他上来。”

“他说不上来了，知道你没事就好。看样子是在楼下坐了一夜呢，你们吵架啦？他好像不知道你崴脚的事情呢。”弯弯递过早餐。

“是吗？昨天发生太多事没来得及跟他细说。”幻箴漫不经心打开手机，看到46个未接来电，全是耗子哥打来的，从昨晚八点到凌晨五点。幻箴觉得甚是奇怪，就给耗子哥回了个电话。

“喂，你干嘛打那么多电话啊？我昨晚睡得早，没接到嘛！”

“没事，我怕你出事嘛！你一个女孩子被一个老男人送回家，怎么能不担心嘛！”

“什么老男人啊，是林Boss啊！能有什么事啊！我是因为脚崴了人家才发善心送我回来的，你瞎担心什么。对了，我这几天不去实习了，林Boss让我专心养伤。”

“你崴脚了？我去给你买药吧！”

“不用啦，林Boss给我了，你补个觉下午去上班吧！傻瓜！”

耗子哥挂了电话，忍住没哭出来。“你才是个傻瓜，这社会多危险啊！”耗子哥嘟囔道。抹了把脸，耗子哥就去公交车站等公交车了。

就在幻箴吃完早餐的功夫，收到了林峯的短讯。

“如何？痛的话听听歌转移下注意力。”

“好，谢谢，补上昨晚这句迟到的感谢和抱歉。”

“丫头你快点好啊，还得有人替我写稿子呢！”

“遵命！”幻箴又笑了起来。弯弯收拾着屋子发现了幻箴的异常。

“呦，这么痛还能笑出来，看来伤得不严重嘛！”弯弯在逗趣。

“痛！痛死了姐姐！生无可恋啊！”幻箴连忙用浮夸的演技去掩映内心的喜悦。

“是昨天送你回来的那个老帅哥吧！”弯弯色眯眯地瞪着幻箴。

“你怎么那么神啊！怎么猜到的？”

“哎，总是深情被辜负，自古套路得人心啊！”

“什么跟什么啊！”幻箴不解。

“我看他年纪不小了，你可别被他骗了。有家室的话就更得提防他了，你这种不谙世事的小姑娘最容易被骗了。”弯弯突然变了扑克脸。

“哎呦，他只是我的老板而已，我还指望着他给我好好写实习评语呢！再说了，我这样的形象，怎么可能会看重我呢？！电视台一群光鲜亮丽的美女。”幻箴辩解道。

“我把话说前头，我是受过伤的，你别把自己再搭进去了，不值得。”弯弯还在摆扑克脸。

幻箴不想再聊下去了，就看起了小说。弯弯也为出门开始梳妆打扮了。

随着好心情的到来，脚伤很快就好了。这几天幻箴净是看一些美妆美发美体的书籍杂志和视频，还买了副隐形眼镜，并且作了要留长发的打算。

第十一章 一碰就惊天动地

再次见到林峯，幻箴像是换了一个人，虽然没有女同事们的满身名牌，至少利落温婉了许多。不过，林峯似乎没有注意到幻箴的变化，只是打过招呼后就开始分配任务了。幻箴有些难过,但还是默默去工作了。

因为突发新闻赶稿子，幻箴晚走了会儿。完工后，揉着干涩的眼睛起身收拾包包，林峯刚好迎面走来。

“还没吃饭吧，现在公司餐厅关门了，去咖啡厅吃点便餐吧！一起下楼。”

没来得及拒绝，幻箴就被林峯拽下了楼。外面起风了，幻箴缩了缩脖子，林峯便将围脖扯下来戴在了幻箴脖子上。幻箴又闻到了那股花果茶的味道，类似于橘子汽水的甜香。咖啡厅离电视台很近，两人钻了进去。幻箴很喜欢咖啡豆研磨出来的香气，林峯给幻箴点了一杯焦糖玛奇朵，给自己点了一杯美式咖啡，外加一份鸡肉卷和三明治。咖啡很烫，幻箴口渴了想摘掉盖子，林峯立马把纸巾铺在了幻箴手边。

“别弄脏了盖子。”林峯轻声说道。“他家三明治很好吃的，你快吃呀！”

“好，谢谢林老师。”

“谢什么，你加班辛苦，我请你是应该的。以后做不完的工作明天再做，你一个实习生不要太拼命，给我这个老年人压力，哈哈哈！”说着，林峯还轻拍了一下幻箴。

咖啡厅的音乐很低沉，暖意逼人。琉璃灯下，幻箴觉得林峯极其温柔，一改往日的严肃模样。头发也因风吹变得凌乱，格子衬衫领口也被吹得不像平日在办公室里那么整齐，甚至还注意到了他因为美式咖啡太苦而吐舌头瞪大眼睛的样子，幻箴觉得很好玩。就在这时，林峯猛一抬头，两人对视了起来。幻箴连忙躲开林峯的眼睛。林峯觉得幻箴呆萌的样子很可爱，嘴角轻轻翘起。

那一晚，他们聊到了太宰治、东野圭吾，聊到了大河剧，大部分的时候都是林峯一个人在讲，幻箴只是静静地倾听。幻箴喜欢听林峯讲话的样子，挥斥方遒指点江山的感觉，像极了当年的尚云天。时间很快就过去了。临走的时候，幻箴把咖啡随手扔进了垃圾桶，林峯却掏出一张纸去擦拭垃圾桶上的咖啡渍。

“你知道吗，就连垃圾桶也是有生命的，以后要轻轻丢垃圾，要不然它会觉得自己被嫌弃了知道吗？”

幻箴突然觉得，这个男人很特别。即便平日里如此声色犬马，依然待人接物如此温柔。这样极端的性格交叉重叠在一个人身上，产生了奇妙的效果，像一只强烈的迷幻剂。

“谢谢你愿意听我讲话，”分别的时候，林峯转身莞尔一笑。

从那之后，林峯周末有一些艺术沙龙活动就会约上幻箴一起。两个人看遍了上海当代美术馆、西岸馆、龙美术馆、中华艺术宫等各大美术馆的展览，参加了不少上海电影博物馆的一些观影活动，去安福路上海话剧艺术中心、人民大道上的大剧院、九江路上的人民大舞台等话剧院看了诸多国内外话剧，甚至是一些林峯私人朋友的艺术书坊开业幻箴都跟随一起去了。两人对文学和艺术有着一拍即合的观点，对于各类艺术经典题材的改编作品的抨击也是一样的犀利。两人越来越有默契，林峰喜欢说个不停，幻箴就在一旁倾听与应和。幻箴回寝室后就把这些有趣的观点整理出来，写成艺术时评往杂志投稿。两人甚至还专门设立了属于俩人的“艺术基金”，用于接下来的艺术体验。

直到一日傍晚，林峯约幻箴看电影。幻箴找不到拒绝的理由，不论是主观的还是客观的。在车上，林峯打开了音乐，放着的是陈绮贞那首《旅行的意义》，是男声的重新改编版，依旧很好听。林峯说，这是自己弹唱的，如果喜欢，可以送给幻箴一个音乐光盘，里面都是自己的音乐作品。

“你喜欢民谣还是摇滚？”林峯问道。

“民谣吧，摇滚听不来呀”

“喜欢哪些歌手？”

“没有特定的歌手呢，都可以接受。”

“你有男朋友吗？”

“……”幻箴愣住了，不知如何接下去，内心翻滚着诸多情绪。气氛尴尬到不行。

林峯又是率先打破尴尬：“有什么好害羞的，有就是有，没有就没有喽！”

幻箴只好诚实回答“还没有……”

“你喜欢我这样的吗？”

“……”幻箴实在坐不住了，脸红到了耳根。她没想到她最敬重的林老师会说出这样的话。车子在疾驰，幻箴无法打开车门或是跳窗。就在这时，林峯的右手突然就握住了幻箴的左手。幻箴尖叫了一声，林峯温柔的磁性地嗓音说道“别怕，我们去看电影而已。”

看完电影呢？怎么溜开呢？如何逃跑？逃跑后怎么面对林峯？幻箴头都要炸了。进了影院，是个爱情片，幻箴却无暇顾及剧情。看完电影，幻箴提出来要独自回学校。林峯说好，但要送幻箴回去，理由是时间太晚，而且幻箴脚伤刚好，还有，今天是林峯的生日。

鬼使神差的，幻箴答应了。林峯逼她唱一首生日快乐歌，幻箴就哼了起来。城市璀璨的灯光下，林峯开心地像个孩子，一定要拉幻箴去吃蛋糕。幻箴就跟他进了甜品店。夜已经深了，这家甜品店竟然没打烊，但也只剩下为数不多的几个年轻人在无聊地坐着刷着手机屏而已。

“一会许愿我们一起吧！”林峯总是能用商量的口吻下一道不可抗的命令。

幻箴没有许愿，只是想着林峯今天是不是鬼上身了，自己是不是在做梦。就在这时，幻箴的手机响了，是耗子哥打来的。林峯央求道“不要破坏了许愿的氛围嘛！”幻箴只好把电话拒接了，回了一个短讯“我很好，勿打扰。明天见！”

“丫头，我会对你好的，晓得吧？”林峯忽闪起那双温柔的大眼睛，幻箴的少女心开始被沦陷。其实自己喜欢林峯的秘密也是在脸上藏不住的。

“我哪里值得你喜欢？”幻箴小心翼翼地问道，因为在自己看来，身边任何一个女同事都比自己优秀。待到多年后幻箴成为一个出色的职业女性独当一面的时候，才恍然到当初的自己，在什么都不懂的情况下的那种天真的力量是多么的可贵。“我之所以没有在大学恋爱，是因为比起恋爱时的美好，我更害怕失去时的残忍。我怕我们也会走到这一天。”幻箴认真地看着林峯说道。

“你放心，如果有一天我们要离别了，肯定也是你先离开我而不是我先离开你。”

就因为这句话，幻箴一头栽进了爱情里。多年后的某天，幻箴堵车在城市的高架桥上时，还是会偶尔想起林峯，在这个年纪，说过的那些看起来很美的话。这些话在岁月里开出了花，凋谢在那一年。幻箴甚至会想，如果没有去电视台实习，就不会失去耗子哥这个好朋友，不会遭遇这段心痛到彻夜难眠的“爱情”，也不会平添了那么多郁郁寡欢的岁月。但如果时光真的倒回，幻箴依然会和林峯在一起，因为这是命运，两人共同选择的命运。

多年后的某天，幻箴堵车在城市的高架桥上时，还是会偶尔想起林峰，在这个年纪，说过的那些看起来很美的话。

第十二章 大叔的“爱”

入冬了，马上就圣诞节了。弯弯又有了笑容，成熟了很多；沁儿从国外发来视频电话，已经找到了梦寐以求的外国男朋友；雪菲只来了一条短信说“一切安好”。幻箴精心准备着圣诞节礼物，林峯却忙于工作无暇顾及。林峯和幻箴约定好了，因为公司规定不能有“办公室恋情”，两人为不突破禁忌，在公司不公开恋情，感情你知我知就好。幻箴死守秘密，每天都阳光灿烂地去上班，晚上偶尔和林峯一起吃饭。耗子哥越来越频繁地谈及询问幻箴是不是恋爱了。幻箴每次都用嗔怒的方式回击。直到圣诞节这天，林峯突然约幻箴去家里吃饭，让幻箴在编辑室等一下自己。幻箴穿了林峯送她的红色大衣，安静地充满期待地坐在编辑室，看同事们都逐一离开了，竟然困倦了，打起了瞌睡。幻箴是被一双大手挡住了眼惊醒的，不用猜也是林峯。这味道太熟悉了，花果茶的味道。

林峯温柔地说道“丫头，这么乖等我，我都想吻你了。可以嘛？”

幻箴心跳加快还来不及作出决定，就在刹那，林峯吻了幻箴。这是幻箴的初吻，幻箴竟然哭了。林峯一只手还从后面搂住了幻箴的腰。就在时间停止的这一秒钟，都来不及闭眼睛，就听到门被钥匙打开了，接着是哐当一声，什么东西碎了。透过楼道的光，幻箴隐约感觉那是耗子哥，逃跑似的没命的往外面跑。上一次这样跑，还是两人去追公交末班车。碎掉的，是耗子本来想送给幻箴的圣诞节礼物，还有耗子的那颗心。

“怎么办？好像是同事看到了。”幻箴紧张得不知如何是好。林峯则淡定得很“没关系,夜间监控还没开，他如果想跟着我干，就只能把秘密烂在肚子里。”幻箴推开林峯一个人怅然地走在大街上，圣诞的氛围没有把幻箴失落的心愉悦起来。“打个电话吧，也许不是耗子哥呢！就当是互送节日祝福了！”幻箴才发现自己并不是担心恋情公开，而是不愿让耗子哥看见这一幕。这一幕，饱含欺骗和嘲笑，简直就是一幕活生生的黑色幽默剧。

“嘟……”竟然没人接,或是和朋友在吃饭庆祝吧！实际上，耗子有什么可庆祝的呢！庆祝自己是个名副其实的傻瓜吗？

第二天，耗子没有去上班。幻箴焦灼起来，给林峯求助。林峯还是用他那套“绝对正确”的价值观来安慰她。又过了几天，耗子辞职了，实习生涯提前结束了。听弯弯说，耗子打算回家找工作了。

耗子哥离开的时候，幻箴难过起来。

元旦的时候，林峯约了幻箴去家里吃饭。这是幻箴第一次去林峯家，因而梳妆打扮了好久。捧着礼物盒子就去了林峯家楼下。林峯提前回家把家里布置了一下，温暖整洁的屋子里挂起了彩灯，很有过节的氛围。烛光晚餐后，林峯又是从身后一把抱住了幻箴，幻箴的头发已经披肩了，黑黑的像绸缎一样垂下来。林峯开始亲吻幻箴的耳根，幻箴招架不住开始躲避。林峯低声央求道：“亲爱的，你今晚真美，能不能留下来陪我？我不想新年第一天就这么失落。”

“可是学校查寝我不在的话怎么办？阿姨要责问我了。”

“你就说去亲戚家过元旦节嘛！阿姨怎么会不通人情呢！”

“可是……”

还没等幻箴讲完，林峯的吻又开始了。老实讲，幻箴是很喜欢林峯的，虽然年纪差了十岁，可林峯看起来并没有那么大叔，反而因保养得好比某些实习生还要白嫩。尤其是林峯那似乎能掌控一切的判断力让幻箴欣羡不已。而且林峯生活相当有品位，用的东西都是极有质感的高端用品，穿衣也很有时尚感。个人方面，林峯自我要求很高，有事业心和同理心，情商很高，很有时间观念。恋爱这段时间，幻箴也跟着渐渐改掉了很多坏毛病。

幻箴的第一夜就在纷繁的思绪中过去了。

早上醒来的时候，林峯已经做好了早餐，送到了床边。还有一张纸条和一把钥匙。

“丫头，房间钥匙给你一把，以后你想来就来想走就走。”幻箴感觉到了前所未有的幸福。

幻箴吃着早餐，看着那清秀有力的字，幻想着自己幸福的未来，不禁笑了出来。

“想那么多干嘛，还不如享受当下！”幻箴不再怀疑，吞下了一颗太阳蛋。

此后，幻箴成了林峯家的常客，甚至布置起了这个家。买一大束小掌菊，储备一周的蔬菜和水果，购买牛奶和甜品，提醒林峯按时吃药，为他洗衣，没错，幻箴成了恋爱时的弯弯。女人一恋爱，智商和情商就变成了零。愈发成为一个小女人，两人的感情浓度也急速攀升。甚至还在林峯的指导下学会了按摩，每天都是耳鬓厮磨的缠绵情话。两人一起做了很多比偶像剧浪漫十倍的事情，对于幻箴的任性想法，林峯都是有求必应。幻箴觉得，自己不仅得到了林峯的霸道，还得到了林峯的温柔，一切都是那么妙不可言。甚至有那么一刹那，幻箴都觉得两人在一起的感觉是那么的舒服，那么的天造地设。

第十三章 黑色藤蔓

一天下午，幻箴去茶水间接热水，听到同事们讲林峯的老婆从国外深造突然回国了。热水全部浇到了手上，幻箴竟不觉得疼。踉踉跄跄回到办公室，脑子一片混乱。他结婚了吗？为什么家里一张结婚照和女性用品都没有？她竟没有勇气约林峯出来当面质问。其实，幻箴清楚以自己的 level 是拼不过林峯和那个不确定的太太的。甚至会害怕失去林峯这个恋人。所以只能祈祷自己听到的是谣言而已。晚上的时候，林峯发来短讯，“最近不要到我家，不要联系我，等我过几日联系你。”

泪水夺眶而出。幻箴坐在公司外的长凳上，用手捶打着头，却毫无知觉。哀莫大于心死。幻箴的心，死了。在这个本来温暖过的冬季。深夜两点，幻箴打电话给耗子哥，耗子哥并没有接电话。幻箴突然意识到，耗子哥已经回老家了。打给弯弯，弯弯困倦地接了电话。

“喂……”

“弯弯……是我……我……不想活了……”幻箴已经顾不得任何形象问题了，在街头嚎啕大哭“林峯他骗我……他，他不要我了……”半小时后，弯弯找到了幻箴，上来就是一巴掌。

“我早跟你说过，渣男难防，你怎么就是不听！想知道伤疤多痛嘛！非要自己捅一刀才能体会吗？！”弯弯气氛地骂道。

“呜呜呜……”幻箴已经说不出话，上气不接下气。

弯弯心疼地揉着幻箴的胸口，陪着幻箴走到外滩，又在外滩坐了一夜。然后幻箴就彻底发烧感冒了。昏睡了两天，弯弯替幻箴往台里打了病假报告。刚好实习期快结束了，也就没那么严格考勤了。

一周后，两人约在了电视台旁的那间咖啡馆见面。林峯沧桑了许多，幻箴眼睛还未消肿。

“我爸脑溢血，以为抢救不过来了，她必须回来一趟。”林峯缓缓吐出这一句不痛不痒的话。

她是谁？为什么两人之间突然有了她？这难道不应该被解释一下吗？幻箴心太痛，根本无力去追问，只用恨的眼神去死死盯着林峯。

“她已经乘飞机回去了，我们可以和以前一样……”

“和往常一样？！一样什么？！”幻箴没有想到林峯竟然如此厚颜无耻，竟然还想和自己保持“恋人”

关系。吼出这一句，旁边被惊到的人都纷纷转过头来。幻箴哭了，哭得很凶越想越气，顺势拿起咖啡泼在了林峯衣领上。林峯觉得很难堪，并没有回话，将咖啡杯轻轻放进了垃圾箱。幻箴泪眼模糊地看到，林峯依然温柔地蹲在地上擦着衣领袖口和垃圾箱。

出了咖啡厅，幻箴还在哭着，林峯突然抓起幻箴的左手朝自己脸上打去，“啪”得一声，幻箴吓得抽回了手，后退了一步，林峯没有停下，又是两记清脆的巴掌，重重打在脸上。

“你干嘛？”幻箴停止了哭泣，慌了神，不知所措。

“没事，我替你教训自己。”林峯没有多说，头也不回地走了。

曾经的某天傍晚，幻箴和耗子就走在咖啡厅这条路上。幻箴那天很高兴，指着汽车橱窗说，“这是我的梦想”，那时，耗子说她的眼里闪烁着光，美得像一个天使。而今天，自己独自站在这个橱窗口，却感觉快要妥协了。城市的光太强，刺眼成伤。每天都努力地活着，但这座城市似乎并没有给她想要的，连爱情也欺骗了她。大步狂奔之时，站立在这一墙繁花前，并不知道这竟是结局。一切还太早，岁月还要留给幻箴一段足够她长大的时间。

两人结束了不愉快的谈话，幻箴再也不愿走进电视台，连这三个字都成为禁区，不能提，一提就感情汹涌，泪水决堤。

“弯弯，为什么他偏偏就结婚了！”

“你别再想了，他是个自私的渣男，是他对不起你。他和谁在一起，过什么样的生活，是死是活，都和你没关系了！”

“可我还是难受的很，忘不了他。我怕我熬不过去了。”

“时间会治愈你的。你难过的不是你们分开了，而是他亲手击垮了当初的在你心目中塑造的高大形象。撕碎美好，就是你心痛的原因，你不愿意接受这样的事实。”

寒假之前，幻箴收到了邮寄过来的实习鉴定书，上面是林峯写的评语，很长的一段评语，最后一句话是“该同学用纯真的热情融入团队工作中，感染了每一个人。”纯真？就是因为自己傻白甜才成为林峯这个渣男的战利品！幻箴把实习鉴定交给学院，决定回家过年疗伤。

在此期间，林峯没有联系过幻箴一次。回家前，幻箴鼓起勇气给林峯打了一个电话。

“你连一棵草、一个蚂蚁、一个垃圾箱的疼痛都感觉得到，怎么感觉不到我的疼痛？”

“我当然感觉得到。你是对我最好的女人。我承认我是一个自私的男人，请不要把话说得那么绝，我是喜欢过你的。我也没有刻意隐瞒什么，你当初也逃避了某些问题不是吗？感情在的时候，我们是彼此相爱的，这不是最重要的吗？至少，我是真心对你的。你应该懂。我和她也不是简单的夫妻关系那么简单，婚姻是名存实亡的，除了多年前婚宴当天，我们没有在一起生活过一天。我想跟你继续的，可是你显然并不在意这份感情，我也给不了你未来和安全感。隐瞒背后太复杂的原因也不愿跟你说。”

“你怎么能那么狠心，我做不到！”幻箴早就耳闻过林峯的家世，可那些偶像剧里的世家结交和她有何关系，她只在乎电话那端那个人，那个曾给过她霸道与温存的林峯。

幻箴挂掉电话，泪水又一次夺眶而出。令她难过的是，直到最后，林峯还在用那“绝对正确”的价值观解读万事万物。幻箴不愿意再扯进复杂的关系和危险的游戏中了，只是觉得年长者的爱情世界好复杂。幻箴觉得自己就像是赤身裸体地行走在黑夜中，前后都是万劫不复的深渊，寒风凛冽，羞辱且恐惧。她幻想过数种和林峯分开的样子，电话接起前还对他有所期待，可最后万万没想到会是这样的结局。她永远无法猜透林峯，惶惑起他曾经炽烈的“爱”，内心的酸涩浓重地散发开来。闭起眼，幻箴仿佛看到了听荷说黑色藤蔓，缠绕着、撕扯着、吞噬着自己的心，直到一点点消失殆尽。多年以后，我们也许会怀念当初那个天不怕地不怕的自己，在毫无所知的情况下跌入爱情的谷底，用尽全力去爱、去感受，直至被伤害。因强烈所以深刻，因全心全意所以一蹦击溃。年轻的我们，总是爱对方胜过爱自己，年长后方得知，爱自己才能爱他人。

一败涂地，幻箴感觉自己的青春开始疼痛起来。这样的伤，不知多久能愈合好。看似顺利的大三实习时光并不顺利。原本决定好的职业选择也失去了目标。原本陪伴自己的好朋友也不再联系。幻箴内心一阵绞痛，拉着行李回了家。

第十四章 新婚快乐，听荷

回家后的幻箴发现，青野道路两旁光秃的梧桐树枝上悬挂的灯笼一到傍晚就依次亮了起来，整个小城陷入一种橙色的温馨氛围中。冬季的萧瑟总是容易让人产生归属感。糖葫芦的叫卖声、淳朴的父老乡亲打招呼时哈出的白气、烤地瓜的香味，这一切浓郁的情结都归结于冬季。每一个居民楼的小格子里都居住着成员人数不等的家庭。大家一旦下班或放学都要迫不及待地钻进那个属于自己的小格子来寻找温暖，身体上的或心灵上的。幻箴就这样带着难言的情绪，在家里，在爸妈的陪伴下，在日复一日的昏晨中试着渐渐忘记。

“我们都是大人了，不用再像电视剧剧情一样演进，非要借着一场大雨，歇斯底里地吼叫一番才能别离。我们有大脑，需理性，杜绝折腾，因为我们不断提醒自己：我已经不再年轻了。传说，有一种无极鸟，白色的长羽，黄头尖嘴。道骨仙风飞向极乐世界。一旦体悟到心平气和四字，人类也可生出白羽，目及之处均是白雪皑皑的世界，和穿着透明衣衫的同类。没了香粉气，没了烟酒气，没了不可遏制的欲望，没了嫉妒心与争吵，没了一切生而为人的苦难。甚至可以听到路人内心的澎湃和哭泣。”幻箴咬着笔头，在日记本里写道。

快要过年时，幻箴听妈妈说听荷回来了，带回来一个小宝宝。那是一个大雪纷飞的夜晚，幻箴连外套没拿就跑到了夏老师楼下。

夏老师房间的灯光是亮着的，幻箴听到了小宝宝的哭声。一时不知该如何面对听荷。又踱步回到了自己家。最后还是找到了《教师通讯录》上夏老师的电话，发了短讯，表明自己很关心听荷近况又不敢冒昧打扰，便想约他明日出来谈谈。想不到夏老师很爽快就答应了。

市区的一间咖啡馆，幻箴细细打量着夏老师，虽然蓄起了胡子,却还算年轻,衬衫也是干净的没有褶皱。夏老师开门见山：“我知道你是听荷的朋友，也是唯一的朋友。当年你来找过我，我还记得。谢谢你这么关心听荷。她很好，我们要结婚了。”

心脏咣当一下，幻箴不敢相信自己的耳朵，喝到嘴里的咖啡快要呛出来。“结婚？！您说的是跟夏听荷吗？您和她不是父女关系吗？”

“对，是你的好朋友夏听荷同学。我和她在你们高考完的暑假就解除了收养关系，是听荷决定的。”

“额……听说还有宝宝。”

“既然我们决定结婚，那便是我的孩子。不管过去如何，我至少要为自己当初的懦弱负责。如果当初能拉住听荷的手，也不至于让她在外面受那么多苦。”

“那，你爱她吗？”

“我想对她负责，爱不是你们年轻人理解的那么简单。我对听荷远不是普通恋人的那种爱，当初把她从大山里带出来我就许诺对她负责一辈子。这么多年未娶也是怕她受委屈。可没想到还是让她受了委屈。”

“那为何当年不在一起呢？”

“当年的我们是师生啊，我怕听荷是因为青春期的悸动加上我是老师的缘故才对我有了情愫。教师站在讲台上是自带光芒的，就和追星的道理是一样的。我若真是答应了她，就违背了职业道德啊！这三年，没有听荷的一点消息，我反反复复想着听荷那天说的话，想着不应该冲动打了她那一下。直到今年入冬才回来。我以为这辈子再也见不到她了。再次见到她，我才意识到是多么害怕失去她。”

夏老师走了，幻箴决定不去见听荷了。把份子钱给了夏老师，让她代问听荷好。幻箴想，既然听荷现在是幸福的，就不要让她回忆起伤心往事了吧！细节何必追究，故事的主人公得到好的归宿才是重要的。

想到这里，幻箴觉得心头一凉，顾影自怜起来。

爱情是每个人的宿命，我们无法决定遇到什么样的人，什么人老天会在什么时候安排到我们身边。有好的就会有坏的，就像听荷当初说的那样，“坏的又怎么样？”日子和生命还得继续。

想不到还是在校园里散步时撞见了听荷。再见时，听荷因生产已经有些发福，不过还是很好看的样子。听荷抱着宝宝，宝宝在怀里柔柔地睡着了。幻箴和听荷围着操场一圈圈走着，像是高中时那样。大家都刻意回避着往事，只聊现在。

“我的婚礼你会来吗？”

“哦，我 2 月底就开学了呢，要回去报到了，不过还是恭喜你！又当新娘又当妈妈了。”幻箴觉得自己的措辞不太恰当，偷偷低下了头。

“没关系，你不要有隔阂。我还是喜欢当年那个大大咧咧的你。”

“当年的我好单纯啊！哎……”幻箴现在才发觉当初的自己是多么的美好，单纯地像玻璃杯，空旷清澈。

“是呀，你最大的优点就是毫不自私。在任何一段感情中，你总是能付出所有的真心，以此来交换对方的真心。这也是你最致命的缺点，容易被人利用呢！”听荷一边拍打入睡的宝宝一边跟幻箴说着。

“是呀，不说我了，你都去了哪里呀这几年？”幻箴故意绕开话题避免提及伤心往事。

“飘过很多城市，发现怀孕后去了贵州，把孩子生在了当初遇到夏老师的地方。”

“直到现在你还叫他夏老师啊！”

“是呀，毕竟如果不是支教，我们两个的命运又怎么会联系到一起呢？”

“说到这个，不知你认不认识一个支教的女老师叫雪菲的？和我差不多大，比我高一些的北方女孩。”

“雪菲？是穆雪菲吗？在我老家支教的那个？她家在青野边上，黑黑瘦瘦的？”

“是呀，你们真的认识啊！她是我大学舍友啊！世界好小！”

“穆老师在当地很受欢迎呢！孩子们都很喜欢她。当地教育局要把她留下呢，就是待遇不太好，条件也太差，不知道能不能留得住。”

幻箴打心眼里为雪菲高兴，雪菲是第一个靠自身努力实现青春理想的人。“不过雪菲应该不会留在贵州大山，她说过是变富婆养家的，还要回来考公务员呢！”幻箴心里想着。

分别时，幻箴用力抱了下听荷，却把小家伙弄哭了。幻箴不知所措，听荷连忙哄着说回家吃奶奶就没事了。幻箴觉得听荷成长得太快了，初为人母的她浑身散发着女性的魅力。苦命的听荷终于有了幸福的归宿。

第十五章 离别时请决绝

过年时，幻箴的朋友圈被沁儿秀恩爱的图片刷屏了，通过照片可以看出，沁儿和外国男友游过了欧洲的很多城市，沁儿笑得很甜。“没有父母在身边，爱情也能填补亲情的空缺吧，沁儿真幸福。”幻箴心里想着，唯一能做的就是在每一条朋友圈后面点赞。寒假很快结束了，幻箴收拾行李返校。在返校的途中，幻箴还是不争气地哭了。再度面临这个伤心的城市还是需要一定的勇气。

幻箴自己打气：“不怕，一定能熬过这段岁月。弯弯能，我也能！”

幻箴开始准备跑招聘会了，她还是决定要留在上海这座喜爱的城市。和弯弯一起，两人奔跑在上海各大高校的招聘会，投了无数的简历，排了无数的长队，最终都在大四寒假来临之前拿到了心爱的 offer。幻箴凭借自己在电视台的实习经历和作品，顺利进入了一家互联网公司，做新媒体业务；弯弯决心投入到金融行业，凭借自己在各大社团组织活动的能力，进入了一家银行，学习如何做一名投资理财规划师。一年就这么过去了，时间真的很强大，治愈了很多伤疤。沁儿和雪菲也该回来了，圣诞节又要来了，沁儿发来微信说圣诞节前一天返沪。幻箴和弯弯准备好了去接机。到达机场时，两人猜测着沁儿会不会带着那个外国帅哥回国。

是沁儿最先认出了俩人,是沁儿一个人。时隔一年，弯弯抢着上去抱住了沁儿。“对不起，我以前太狂了”。沁儿甜甜地笑着摇了摇头。两年前的那个尴尬地不和终于消解了。幻箴舒了一口气。

回程的路上，幻箴等不及问道：“帅哥呢？怎么没带回来？”

沁儿只顾低着头,沉默不语。弯弯连忙捅了捅幻箴，使劲使了个眼色示意幻箴不要再问下去了。

先陪沁儿回家放下行李，又驱车前去吃接风宴。还是那家酒楼，还是少了一个人。酒过三杯，沁儿面色潮红，酝酿着如何开口。

“我要结婚了。”

“什么！”幻箴瞪大了眼。“他要来上海吗？”

“不，我要回英国和他结婚。他对我挺好的。这个男生是我英国的同学，对我一见钟情。一起旅行，一起吃饭，一起看电影，做过了很多事。和姆妈视频过几次，对他非常满意。”

“那你爱他吗？”幻箴急切地追问道。

“我从来没有爱上过一个人，可能是我天生缺乏唤起爱的能力。再说了，爱能值几个钱？我们一家老小蜗居在弄堂里这么多年，等不着拆迁日子穷酸拘谨，家人攒钱送我出国就希望我能给他们争口气，现如今嫁给他是我最好的选择。”沁儿平静地说着，幻箴和弯弯却听得心惊肉跳。

弯弯本想劝阻沁儿，没有爱过就托付自己长长的一生是悲哀的，是对自己的不负责。但一想到自己曾轰轰烈烈地爱过，也不过落得被抛弃的结局，也不便再说什么。是呀，爱有什么用，这个问题三个女生此刻都不明晰。

“那你还回来吗？”弯弯担忧地看着即将远行的沁儿，终于理解了“咫尺天涯”这四个字。

“想爸妈想你们了就回来啊，我又不是从地球上消失。”沁儿还能打趣，看来并不伤感。只是三人都知道，这一别离，就是几年的不能相见。幻箴没有想到，一向柔弱的沁儿在人生大事面前是如此果敢，面对别离也是如此义无反顾。

第十六章 请永远年轻地幸福下去

元旦了，就剩雪菲了，还是没有音讯。大山里通信也成问题，雪菲选择了最原始的传播方式——书信。一封信一个多月才能寄到，雪菲讲述着大山里的孩子，大山里的树和果子，大山里的爱情。在最近的一封信里，雪菲说自己最近爱上了一个一同支教的年轻人，是一个北方男孩。这个人的出现，彻底改变了奉行不婚主义的雪菲。两人决定在大山里共筑爱巢，过上耕读的生活。雪菲诉说着自己和妈妈争执的苦恼。

“我已经把所有的生活补贴和学校、支教项目组发的奖金都给了爸妈和哥哥，青春中最好的四年都用来为这个家打拼，为何在爱情抉择上，他们还是要安排我的人生？”

幻箴在回信中写道：“耕读的生活听上去好美啊！可是选择跟一个刚认识的男人过着节衣缩食的不靠谱

的生活。这样的日子，靠什么来保障？我相信妈妈还是从担心你的角度考虑才不愿意你草率做出决定的。我还记得，当初你说要去贵州，你妈还买飞机票飞来了上海找到了学校，去跟辅导员说把你的名字撤下来，不让你去。是辅导员费了好大的劲，才把你妈妈说动的。辅导员讲，你去了回来可以考公务员加分，女孩子有个稳定的工作就有了幸福的未来。你妈妈当时不还哭了么！当时妈妈是因为你的未来考虑才同意你去的，并不全是因为你那份奖金啊！”

“你说得对，我应该让爸妈看到他优秀的一面。爸妈说是下周来贵州看我，刚好把他带给我爸妈看看。在贵州这一年，刚开始很不适应，语言不通，条件差的超乎想象。越是这样，我越咬紧牙想自己挺过来。以前我们一起做兼职，摆地摊、做销售，受了别人多少白眼，都忍过来了。现在我是站在讲台上讲课的老师，受到全村乃至整个镇子的尊敬，更要勇敢。可我始终是个女孩子啊，离家那么远，怎么能不想家呢！我们那批来支教的就两个女孩子，教育局很关照我们，已经想办法给我们最好的住宿餐饮条件了。冷水洗澡、屋子漏水、蛇虫出没，这些我都克服了。现在才发现，待在父母身边是多么幸福的。幻箴，家庭是一个人的宿命，我曾恨过爸妈，恨他们为什么让我一个女孩子来替我哥还债。现在我不恨了，我只是想念他们。”幻箴读着这封长长的回信，想着雪菲应该与父母和解了。长大的过程，是不停地和解的过程，与朋友和解、与伤痛和解、与家庭和解，最终，与自己和解，把自己托付给释然的岁月。

过年时，尚云天竟然通过微信找到了幻箴。已经略微发福的尚云天已经找不到当年的影子，反而幻箴出落得愈发可人。尚云天为当年的行为道歉，相约幻箴出来聊聊。幻箴却记不起当年的“喜欢”，婉拒了邀请。尚云天说后来念了个专科学校，学了点技能，恰巧后来在上海打过工，做过机械修理师。现在已经回家乡发展了。两人聊了两句便没了下文。曾经最熟悉的两个人也会没了共同语言，一两句话就语塞了。经历最能改变一个人。

来年夏天，幻箴已经在新公司实习一年了，通过了留用考试，成了沪上知名新媒体公司的文字编辑；弯弯也在银行实习了小半年，听说对业务已经逐渐上手；沁儿和外国男友举行了盛大的婚礼，发来了婚礼现场视频；雪菲通过了教师资格证的考试，顺利留在了当地小学，得到了“不靠谱男”的求婚。6月，大家回校进行毕业论文答辩。再次相聚，大家感慨万千。雪菲把未婚夫一起带了回来，商量着见见双方父母把证领了。一起吃饭的时候，幻箴看着“不靠谱男”往雪菲碗里不停地夹肉，接菜的时候用手挡着生怕洒在了雪菲身上，还细心提醒雪菲生理期不能吃辣椒，雪菲也拿出纸帕擦拭不小心滴落在老公身上的油渍。一顿饭的工夫，幻箴才从她们彼此眼中看到了真正的爱情，也大概能猜出眼前的男子是如何一步步在柴米油盐中感化雪菲的。爱情只有自己才懂，不是别人口中的爱情，是彼此心中的爱情，有呼应的爱情。

第十七章 毕业致辞

夏天来了，答辩结束了，幻箴顺利从这所大学毕业了，带着些许伤痛，些许欢乐，更多的是蜕变后的成长。有人离开有人留下，各奔东西的同学，泪眼婆娑的挥别。

听荷竟然只身一人赶来参加幻箴的毕业典礼。听荷有些腼腆，躲在她们身后笑着。幻箴为听荷借来了一套学士服，拍每张照片都将听荷的手拉得紧紧地，仿佛为了力证两人一同读完了这所大学，完成了当年的约定。照片上定格的五个女生的笑脸，比那天的阳光还灿烂。

幻箴作为优秀毕业生要发言，上台前还紧张得要死，身边的听荷和弯弯一直为她加油打气，雪菲和男友举着“青春万岁，理想永存”的横幅，沁儿已经被院长的毕业致辞打动得一塌糊涂了：

“数年的苦读成就了你今天的成绩，数年的熏陶成就了你今朝的气魄。回首求学的历程，这里曾带给过你成功与挫折、喜悦与困惑，愿你们鲲鹏展翅，去广阔天地大有可为！”

“是呀，广阔天地，总归有可为吧！”想到这里，幻箴这个从小城走出的孩子，决心要在上海这座大都市里大施拳脚了。主持人已经在酝酿着介绍学生代表发言，幻箴长舒一口气，在全体师生的注视下走上了讲台。脑中一片空白，发言稿早就成了浆糊。停顿了十几秒钟，这时，不知谁的手机铃声响了起来，是马頔的《南山南》，因为铃声声音太大，人群中开始有了哄笑和嬉闹。这段旋律突然打开了幻箴的感情阀门。四年里所有时光中的小事从脑中闪过，幻箴清了清嗓子，动情地说道：

“青春有太多逝去的东西，逝去的终将是回忆，就算你死乞白赖地乞求恢复原状，那些陪演也不再是最初的面孔。青春是荒唐，是肆无忌惮地向世界宣战，是知道自己输得起的洋洋得意，是耗尽精力疲倦至极身边依然有朋友相随的自信安心。我们总是对自己初次的遇见难以平复。愤愤不平心有不甘以致熬成了大龄青年。大梦初醒，梦终该醒来，要不然哪来的那么多让人垂泪的文艺电影。然而，如果可以重走青春，

青春有太多逝去的东西，逝去的终将是回忆。青春是荒唐，是肆无忌惮地向世界宣战，是知道自己输得起的洋洋得意，是耗尽精力疲倦至极身边依然有朋友相随的自信安心。幻箴从不后悔经历地的这段感情，注定要遇到的那个人以及这珍贵的四年大学时光，还有上海这座寄予了爱与希望的城市。

大多数人依然会选择不放弃美好的相遇。只不过我们的青春没有电影里那么惊险疼痛而已，但我们不会放弃拼死求证的勇气。那是身份最为贫瘠的时代想要拼命抓住求证的稻草。现如今，我们成熟到不需要这些幼稚的情感来提升自我认知，我们的大脑和生活已经像一个车轮疾驶不已。我们长大了。生命的空间里不应该把这部分曾让我们泣不成声的情感挤掉。只不过在回望的时候，我们可以暖心地给自己一个交代：我承认过去的自己，我接受现在的自己，我期待未来的自己。让我们为青春中的自己致敬吧！”台下掌声已经一片片，沁儿更是激动地站了起来，更多的人站了起来，大家注视着那个青春中的自己，眺望着那个已经长大的少年。

过去的伤痛和青春中的欢乐都带给了幻箴成长，还有那一头及腰的长发。只不过在感情中，总归是有人处高地，有人临深渊。无论如何，幻箴从不后悔经历这段感情，注定要遇到的那个人以及这珍贵的四年大学时光，还有上海这座寄予了爱与希望的城市。如果回到相遇的那天，幻箴依然愿意做那个傻里傻气的笨丫头，仿佛当初选择只身来到上海，只为与他相遇。坐在他身边听他讲故事，在那一个迷人的夜晚，掉进爱情里。身边亲爱的姑娘们的经历也带给了幻箴不少人生感悟，让她更加珍惜自己拥有的一切，并且励志做一个优秀的人。不再为失恋说抱歉，拒绝未知的疯狂，看到了雪菲经历的真正的爱情，也渐渐试图理解夏老师的带有责任感的“爱”。除了爱情，亲情和友情也都成为支撑自己走下去的强大动力。这一切，是与上海的缘分，也是 21 岁的孟幻箴最宝贵的财富。

第十八章 新室友是女神

毕业后要面临的最棘手的生存问题是租房和落户。按照上海的租房市场行情，想要找到离单位近且性价比高的房子，只能选择合租。幻箴权衡过后，选择租住在天齐花园，一来离公司近，二来合租相对较安全，三来每个月 2600 块的合租费还算付得起。于是，幻箴和丁小火成了室友。

丁小火和幻箴的性格不一样。丁小火是个博士，良好的修养、优沃的家世，使得她独特而又出众。尤其是那双忽闪的眼睛，细长而清澈。丁小火在英国索尔福德读过两年硕士，学的是油画专业。回国后在上海继续攻读博士专业。因为学校不提供宿舍，丁小火在租房平台上寻到了室友孟幻箴。

初次见面，幻箴觉得性格清冷的丁小火名不副实，那种遗世独立的气质像极了演员杜鹃。幻箴觉得，丁小火这种女神级的女孩子，肯定会嫁与一个和她一样白衣俊秀的男子为妻，然后神仙眷侣余生是你。然而现实是，女神级的丁小火确实有一个爱她如命的男朋友Y先生，两人已相恋十年，约定好等丁小火毕业就结婚。如今Y先生在杭州工作。虽是异地恋，幻箴经常能看到Y先生出现在她们的出租房里，帮小火洗衣服、收拾房间。他是个温柔的大男孩，和小火在一起的时候，无比体贴，极尽关怀。两人的感情不温不火，幻箴甚至没有看到过两人吵架。幻箴想，这样的男孩子，大概是上辈子修了很多福气才得到的吧！

丁小火虽和幻箴同住一个屋檐下，两人的生活轨迹却几乎没有交集。丁小火白天在学校上课、上自习，晚上才回到公寓。

公寓的住宿环境不甚好。整个公寓楼都被二房东承包了起来，改造后用于房屋租赁，因此幻箴的邻居都是租户。墙壁的隔音效果很差，晚上临睡前经常传来小情侣行房事的声音，还有每晚十点半的夜半歌声。因为二房东经常要带租户看房，所以大门经常不上锁。半夜时有喝醉酒的人砰砰敲门，幻箴和小火两个人吓得抱作一团，不敢出声。两人约定好，过了晚上九点就不再点外卖了，以防个别瞬时起歹意的外卖小哥。

有好几个做课题的日子，丁小火都是住在教研室的。幻箴一个人住更是心惊胆战。她淘宝买了男款鞋子摆在房门口，还买了男款卫衣晾在阳台上，造成家中住有男人的假象。

当人们钻进各自温暖的小窝，当友人围坐于餐桌，当天空的深蓝无以弥补巨幕一样的孤独，当一种无以名状的痛苦涌上心头。幻箴在想，一个成年人可以忍住多少泪水？有时好累，幻箴好想回家。城市有城市的狂欢，而每个人有自己的孤独。有时下班后，幻箴像个孤魂野鬼，游走在城市街头。

奈，何人心里住了一个老灵魂。

奈，何事曾染凄魄。

奈，何地安放造作。

奈，何时恍然若得！

风吹起来的时候，树叶贴着地面极速舞动，发出哗啦啦的声响。“生命的奇遇是彩蛋呢还是考验呢？”幻箴不懂。她只微微体会到生活的不易，预见了去路的艰难。

说到底，终究是辘辘的饥肠与未竟的理想。

第十九章 地铁狂想曲

对于初入职场的幻箴来讲，地铁是“亲密恋人”。每个昏晨要与它亲密接触两次，每一次刷卡进站都是一首短促的情诗。于是，在地铁里，幻箴产生了无数的奇思妙想。那些在拥堵闷热中迸发出的思绪，犹如线团，缠绕进每一个奋斗的日子，在梦想的肌理中轮回。

每一个挤地铁的青年，都是那个踮起脚尖站在玻璃橱窗前往里张望的粉蓝点小象。孤独、无助，又是那么单纯、美好。所有大城市里被忽视的大人，都是相信童话的孩子。夜色很凄美，那些闪烁的微弱星光，有你，有我。

生活的状态就是，活得太拧巴不好，活得太安逸也不好，最好松弛有度。我们在拉伸挤压中调试着心情，调试着面具，调试着注意力。要做生活的巨人啊，怎能被轻易击溃。苦闷大过疲惫，生活需要靠忍耐支撑，哭笑不得。

对于一个在都市打拼的年轻人来讲，理想是地铁卡里仅剩的三元钱，是对于月初发工资的期盼，是全家便利店里贴着温柔标签的软饮料，更是路口卖花先生递过来的一束白合玫瑰。

未来在哪里？初入职场的年轻人都是一群彻头彻尾的理想主义者和革命乐天派。开玩笑的时候说，每天叫醒自己的是穷，其实内心都清楚，自己走的是情怀。这情怀，是坚信自己有朝一日会微芒初现，是看到自己梦成之日的远光，是感天动地的精神气。五月天唱到，“哥伦布有一颗星光，就敢横跃大西洋”。不断增加成长的限度，就这样自由生长下去。未来，会好吗？

每个人都曾是迈克·库拉托笔下的小象，虽然是弱小的、不起眼的，但也是纯净的、丰富的。莫因暂时的挫败感而退缩畏惧，要坚信自己独有的内在，热爱自我、热爱生活、深爱这个世界。朝更好的自己一路狂奔，那些凌厉的风声会掩盖一切质疑和阻挡。和岁月和解，跟所有打个招呼，学会宽宥际遇，要知道，我们只是路过这个世界。

“您已到站，请携带好行李物品下车。”幻箴梦想着终将有一日不用再搭乘地铁上下班，但有朝一日会怀念这段拥挤的日子，和这些狂想的心境吧！

当然，美好之外，还会有些许不美好需要承受。

夏天的地铁车厢里，时常出现一些“暴露狂”。一日晚高峰的地铁上，幻箴感觉身后有什么奇怪的东西在蹭来蹭去，还以为是小偷，便不耐烦地将斜背的小皮包扭了扭，正好回蹭了一下。只听得一个男人“啊”了一声。扭头一看，竟是一个“暴露狂”，正捂着自己的裆部，跳脚不已。幻箴一阵恶心，原来是自己的铆钉包无意回蹭到了色狼。车厢里开始骚动，还有阿姨夸幻箴“打得好”，有人拿出手机开始拍摄。幻箴可不想此时借机“出名”，只得匆忙逃出了地铁。

当然，这些都是生活中的小事，因小事引起的不适记忆很快就被生活的洪流冲散。年轻人没有太多资本去计较这些不美好的小事，赚钱养活自己比感慨生活不易更紧迫。真正值得靠想象力去美化的，是工作。

工作后的幻箴发现，工作和实习完全是两回事。实习时，岁月静好，只要按时完成带教老师布置的工作任务即可，不会有人对你指手画脚冷眼相待。工作后就不同了，媒体行业有个不成文的规定，“女人当男人用，男人当牲口用”，尤其是在女性比例极高的媒体行业，各种钩心斗角、戏精、多重人格、杠精是免不了的。人际关系的压力、金钱的压力，比起业务能力的提升更令幻箴头疼。

社会上的人比学校里的人复杂得多。读书时学校只有一个评判指标，就是好好学习。工作后，大家的目标就变得多样化。有人以赚钱为目标，有人以照顾家庭相夫教子为目标，有人以职位晋升为目标，有人以扩大人脉关系为目标。于是，价值观的差异、工作方式的差异就逐渐凸显出来。

幻箴所在的新媒体公司正在拓展全媒体业务，将要打通微信、微博、APP的内容端，要求从业者必须具备采访、拍摄、文字编辑、剪辑等多种技能。因此区别于传统媒体的部门设置，她所在的艺术部主要负责上海地区的艺术信息的采编报道。

得益于实习期间习得的业务能力，幻箴也算能完成基本的日常工作。除此之外，幻箴还要准备《全国广播电视记者、编辑资格证》的考试。

可是新媒体毕竟不同于传统媒体，“新”体现在最新的咨询、最能抓住受众“痛点、泪点、笑点”的内容、最能吸引眼球的标题和卖萌的语言等等，这都需要新媒体从业者时刻保持年轻、活力、时尚的敏锐度。也就是说，在新媒体发展的黄金期，最大的从业优势就是年轻。年纪越小，内容的编辑能力就越好。因此有的新媒体公司从BOSS到员工都是90、95后，几个年轻人一个工作间，通过简单的复制粘贴和视频剪辑手段，未经把关就可以快速地发布，以此迅速走红并获得极高的点击量。通过但幻箴所在的新媒体公司是一家“小而美”的公司，高层是一批名校毕业的60后、

70 后，他们都是传统媒体出来的老前辈，因此相对讲求新闻从业者的情怀。

还有一个令人手忙脚乱的事，每次开会时公司前辈讲上海话，幻箴只能似懂非懂地记录着，于是利用下班后和挤地铁的碎片化时间学说上海话。大多数时间，怕身边人投来异样的眼光，幻箴只敢戴着耳机听教学视频，却不敢说出声。

当然，令人精神一紧的，还有每晚拼命追赶的最后一班地铁。深夜 11 点的上海市郊，坐在奶茶店里吃火锅的老板娘，吧唧着嘴，将一天的劳累在味蕾中释放；地铁口卖肉夹馍的夫妇，裹挟着肉香和青椒味，推着小车消失在夜色中；站在便利店门口和老公吵架的妇人，边跺脚边煲电话粥，娇嗔尽显；路口那一排等计程车的年轻男女，推搡着欢闹着，寒风中拉紧了袖口领口；打包整理好的水果摊，一堆柚子拥挤成一团，沉默不语。

这里不是人群熙攘的南京东路，无法站在外滩狂呼乱叫；也不是繁灯亮起的新静安，林立的酒吧里传出阵阵歌声；这里只有夹杂着各地方言的交谈声，披着月色归来的白领脸上呈现的倦容，还有市井生活升腾而起的烟火气。

生活大概就是，在晦暗的空间被挤得一团乱麻、抑郁将至之际，依然能恬不知耻地说出那一句：我们的征途，是星辰、大海！

第二十章 散落一地的橘子

前些天，幻箴哭了。

一个人坐在公司一楼大厅里，用光了所有的纸巾，吸引了所有的目光，花光了所有的力气，把近来工作和生活中遭遇的所有的压力与委屈，通通发泄出来。

而此刻的幻箴，轻声哼着歌，加着班，吃着泡面，像是什么都没发生过，又人模狗样地奋斗起来。

幻箴深切地觉得，生活对现代女性要求太苛刻，既要赚钱养家，又要貌美如花。时常感觉在城市打拼的自己，脆弱时像一个丧气的轮胎，虽然转不动，却依旧承载着车身，慢吞吞前进。是呀，就算情绪再糟糕，也依旧要生活下去，别无选择。因为每个月 2600 块的房租，别无选择；因为要做一辈子的工作，别无选择；因为不想让父母担惊受怕，别无选择；因为要承担生活的悲喜，别无选择。这一切的苦果，只因，自己是一个人，而且是个女性。

说得直白一点，就是一只单身汪外加软妹，听起来好心酸。在大城市有一份安稳工作的幻箴，看似无忧无虑，但其实，一无所有。没有高薪的工作，毕业后的文化生活大打折扣；没有户口没有医保，看病自费花光了奖金；没有男朋友没有家人，开心的时候没人分享，难过的时候没人倾诉。

每次去宜家，幻箴总会带回来一个玩具，用作仅有的陪伴。

毕业前夕，幻箴的同班同学年底要去美国了，也是应届生。为了去美国，要延期一年毕业。她比幻箴大三岁，可看着她满怀希望手舞足蹈的样子，幻箴瞬间觉得自己老了十岁。一直疾行，从来没有想过自己想过什么样的生活，想和什么人在一起。

女同学说人生应该越来越绚烂，职业和地区不应该成为牵绊。出国也曾经是幻箴的梦想，为此也做过努力。现在的幻箴，活的小心翼翼，不敢声张，不谈梦想。犹如一头困兽，已经没有了改变的勇气和力量。

因为听了父母的话，“女孩子要早点毕业才会不耽误嫁人”，所以毕业后选择了工作放弃深造；因为听了老师的话，“女孩子要工作稳定”，所以选择了一份可以做一辈子的工作；因为听了朋友的话，“女孩子要学化妆努力减肥才能变女神有魅力”，所以不敢吃想吃的，每天用一个小时的时间化妆卸妆。而唯独，没有问过自己，究竟想活成什么样子。

社会从不会怜悯，怜悯的只有人心。作为初长成的小仙女们，在与那些资历满满的长者抗衡的时候，只能鼓起勇气向前。人生暂时和考试说拜拜，那裹挟着巨大压抑的一团阴霾终于暂时消散。而现在，面临社会的险恶与世俗，必须笑靥盈盈，必须把玻璃心藏在肚子里，必须要美丽地不要不要的，然后勇敢地活出自己最想要的样子，尽最大努力保护自己的纯良与梦想。

幻箴开始怀念小时候，从来没有顾忌过性别这个概念的年纪，敢于过自己想要的生活，敢于脑子发热说干就干。而毕业一年以来丢失的，也正是这些。

三岛由纪夫说，“所谓青春就是尚未得到某种东西的状态，就是渴望的状态，憧憬的状态，也是具有可能性的状态。他们眼前展现着人生广袤的原野和恐惧，尽管他们还一无所有，但他们偶尔也能在幻想中具有一种拥有一切的感觉。”

一日，幻箴从超市出来，手上拎了一大袋生活用品，纤细的手臂上勒出了淡淡的红痕，过马路的时候一个不小心摔了一跤，购物袋中的橘子滚了一地。幻箴终于忍不住，坐在路边大哭。她拿起手机，拨了夏听荷的电话。

“听荷，我待不下去了，我想回青野。”幻箴呜呜咽咽地说着。

“可是，留在上海一直是你的理想啊！记得你毕业前那年我们在高中操场上碰面，说起上海，你的心中有梦，眼里有光。为什么要放弃啊！”电话那头的听荷急切而真实。

“可是生活太艰难了！”幻箴咬着牙吐出一句。

“一切都会好的，如果放弃了你的理想，你会后悔一辈子的！你懂吗，人生就是这样，如果当初我去读大学，就不会遭遇那么多苦难。遇到夏老师是我的幸运，如果没有夏老师，我的人生就完了，你知道吗？跟我比起来，你现在经历的这些都是幸福的烦恼，毕竟，你已经站在梦想之上了，为何要折回？”

幻箴知道，青野是回不去了。只有身在上海，才能周末去参加各种各样的读书分享会，看到各种国际艺术家的展览，认识一群和自己志趣相投可以看世界的朋友。是呀，世界之大，唯有上海可以安放这颗孤独的灵魂了。

一个外卖小哥看到坐在地上的幻箴，帮她捡起了一个橘子，塞在幻箴手里。幻箴感激地连连道谢，“还好不是鸡蛋，”快递小哥嘿嘿笑着，“要不然捡回来也都不能吃了。”

“是呀，还好不是鸡蛋。”幻箴也被逗乐了。

第二十一章 突然暴富的林弯弯

在幻箴面临着刚毕业的一系列窘境时，林弯弯却突然传出“暴富”的消息。那天在马路上遇到林弯弯，都快认不出了。背着新款 Gucci 的背包，开着一辆淡绿色的 Mini Cooper，摇下车窗时是一张精致妆容的脸。

“弯弯！真的是你，哇塞，牛啊，怎么混的？”

“嗨，我捎你一段吧，顺便吃个午饭怎么样？”

“不行不行，我下午还有采访呢！不过，蹭车我是可以的。”说着，幻箴就猫进了车里。

“你一个银行职员怎么这么有钱，说吧，是不是啃老啃来的？”

“我早就不在银行了，现在在做 P2P 呢。”

“什么是 P2P 啊？听着就很高级的样子。”

“就是互联网金融啊，说了你也不懂。等到你有贷款需求的时候自然就懂了。怎么样，要不要贷款买房啊？”

“我可买不起。”幻箴吐了一下舌头。

“幻箴，你要不要跟我一起做啊？天这么热，以后别挤公交、地铁了。”

“我做不来，我就喜欢做媒体。”

“你个死脑筋，这么苦的行业，男孩子都不做了，你还坚持个什么劲呀！”

“我好不容易才留下来的，咬牙也要坚持下去。”

“好吧好吧，那你坚持吧！”林弯弯无奈地耸了耸肩。

那时的林弯弯还不懂，生命中所有的馈赠都是标好价格的。毕业后，在酒吧认识了做P2P行业的刘哥，带她入了行。

那是一间叫“TOMORROW PUB”的日式清吧，灯光昏黄而优雅。那天弯弯穿了一件乳黄色碎格子连衣裙，正和银行客户谈业务，一旁背对着弯弯的戴鸭舌帽的男子缓缓地转过身子，望了两眼后对吧台的调酒师言语几句。不久，一杯“SideCar cocktail”送到了弯弯桌上。弯弯纳闷地拒绝，调酒师坚持说坐在后面老顾客请喝绝对放心。回望了一眼，弯弯还是警惕性地没有喝。待客户离开后，弯弯礼貌性地走过去打了个招呼。

“先生这么有耐心，等我这么久来说谢谢。”也不过是个相貌平平的男人，还想撩我，弯弯心里默默吐了吐舌头。

“这位小姐姐，别浪费了这杯经典鸡尾酒。它可是为了纪念一位喜欢骑着摩托车在巴黎游玩的美国中尉而设计的呢！”

弯弯不耐烦了，直截了当地说道“这和我有什么关系，我男朋友还在门口等我呢！”说着就要往外走。

“别，千万别误会，我是来寻求合作的。刚刚听到你的谈吐感觉很适合成为合伙人，不知你有没有兴趣。这是我的名片。”说着，一张名片递到了手中。

听到这，弯弯略微思考了下，坐了下来。就这样，一聊即和，弯弯毫不犹豫地跳到了新的行业。

很快，利用家人之前累积的商业关系，公司的客户群越来越多。一些爸妈生意上的朋友把钱投进去做投资理财，还有些大学生来借款购置高档奢侈品。

生意做得风生水起，林弯弯就利用存款和爸妈的资助，和刘哥成了合伙人，开了新公司。刘哥胆子大，开始伙同林弯弯一起偷偷做“校园贷”业务。起初，林弯弯是拒绝的。然而，面对更大利息的诱惑，林弯弯还是试水了。

有了刘哥的“栽培”，弯弯成长地很快，业务能力和人脉资源都迅速得以拓展，年纪轻轻就体会了一夜暴富的快感，获得了梦寐以求的财富。当第一次用自己挣得钱买下 LAMER 面膜、Armani 小红管、Chanel

“这位小姐姐，别浪费了这杯经典鸡尾酒。它可是为了纪念一位喜欢骑着摩托车在巴黎游玩的美国中尉而设计的呢！”年纪轻轻就实现了“梦想”，弯弯觉得上海这座城市不愧称之为“魔都”，一切都是那么不可思议。那种把“可望不可及”变成“触手可及”的魔力，大概只有上海会有吧！

包包后，弯弯突然觉得这一切也没什么。好像努力奋斗也没什么难得，只要会方法走捷径胆子大，暴富也只不过是转眼之事。

因此，看着苦哈哈的孟幻箴，林弯弯摇了摇头，一脚油门就冲了出去。

年纪轻轻就实现了“梦想”，弯弯觉得上海这座城市不愧称之为“魔都”，一切都是那么不可思议。要是在福建老家，想要拥有这些可是要靠实打实的起早贪黑多年累积出来的。像她这种普通学校出来的年轻女孩子如果不靠美色上位，根本没什么上升空间，更别提开公司这种走上人生巅峰的命运了。那种把“可望不可及”变成“触手可及”的魔力，大概只有上海会有吧！

途经上海戏剧学院门口，弯弯朝窗外瞥了一眼，除了三三两两长发飘飘的小姑娘，还有阿斯顿 · 马丁的4S店。“下一个目标，就是存满1000万，买下橱窗里蓝色的那辆。”弯弯心里想着。“这些穿超短裙的小姑娘，做梦都想坐进那辆超跑里，真是可笑呢。”想到这儿，弯弯不屑地上扬了嘴角。

第二十二章 怪咖女上司

幻箴所在的公司也算是新媒体界的佼佼者，工作压力之大可想而知。

幻箴的领导苗沐清是个独立的职业女性，看她一副精英 OL 的样子，很难想到她也是个十足的文艺爱好者。四十余岁的年纪头发却已经花白，但苗总却坚持不染发。

“生活精致而不懂浪漫”“工作狂”是幻箴对她的评价。不过，顶着一头白发呼风唤雨也是帅帅的。

同为文艺爱好者，苗总时不时邀请幻箴周末一起看画看话剧。虽然幻箴很好奇是苗总的婚姻生活和家庭状况，她却从不敢问。因为她只看到过苗总无名指上款式老旧的婚戒，却从未看到过苗总的先生下班后来接她，也从未听到苗总提及先生的点点滴滴。直到听到同事间传闻说苗总和先生长期分居，且先生绯闻不断。幻箴听苗总提起过有个儿子，念高二，住寄宿制学校。至于苗总的先生，她也只知道是个大学教授，想来教书育人也不至于是什么品行败坏之人。

直到有一天，幻箴和苗总一起去看话剧《第二性》，期间两人对导演的创作意图和婚姻的看法产生了分歧。

“导演借西蒙·波伏娃喊出人们对婚姻的拒绝态度：‘结婚前，我给你刷碗，你觉得是感激，可结了婚，你就会觉得是理所当然，不仅不会感激，甚至哪天我不刷碗了，你还会觉得是我做得不对，我变了。爱人间不会岁月而增进感情，反而会变淡变坏。既然如此，我宁可不拥有婚姻，我宁可只原则随心所欲地去爱。’”幻箴激动地说道。

“诚然，两个人在一起久了是会腻，可这要靠两个人一起去调节生活的乐趣，寻找更高级别的共同爱好，然后经营婚姻，共同去养育一个子女。”苗总反驳。

“男人总会出轨，万一遇到渣男怎么办？”

“幻箴，你知不知道，这世界上有多少人，是为了一口热汤、一张暖床而奋斗！而且，很多女人既然选择不离婚，总归有她的道理。说明这婚姻里，有她珍视的东西。”

幻箴沉默了，她反复思索着苗总的话。

“婚姻不仅是爱情，更重要的是，婚姻是两个人的博弈，大家都在努力提高自己的性价比，男性专注于财富、地位，女性专注于美貌、身材，大家随时都在评估价值是否对等，以此达到更为长久的婚姻关系状态。”苗总淡淡地说道。

一句话，道破生活残忍的真相。

幻箴很想问苗总，为何不选择离婚，逃离这种丧偶式婚姻。但她不敢。一来碍于她和苗总的上下级关系，二来她不想轻易拆穿苗总的故作坚强。

“那没有爱情的婚姻，食之无味，何不弃之？”幻箴试探性地问到。

“女人可以没有爱情，但不能没有婚姻。”苗总的眼中在闪烁什么。

幻箴觉得，空壳婚姻简直是对人格的侮辱。她实在难以理解且接受苗总的观点。

第二十三章 爱我还是他

幻箴下班后，在阳台收衣服，发现衣服上有淡淡的香烟的味道，是那种女士万宝路的气味，和苗总平时吸的是同一种味道。难道小火开始吸烟了？

一日，幻箴回到家中，听到丁小火房间传来嘶吼声。

“别来找我了，我不值得你爱我”“呜呜，求你了，我也不知道事情会发展到这样”“请恨我吧，对不起。”丁小火断断续续地边哭边说，颇有肝肠寸断之感。

幻箴敲了敲丁小火的门，许久未有动静。幻箴冲了进去，只见小火蹲在地上，瑟瑟发抖。

幻箴找了条毯子给小火披上，拿纸巾为小火擦拭着泪水。

“不哭不哭，小火。”

小火只剩下哭得力气，什么也说不出。

“没事，我去给你煮晚红豆粥，你先吃点东西。”

说着幻箴便起身去煮粥。

小火吃了粥，缓了缓精神。

“怎么了，和男票吵架啦？”

“没有，我们分手了。”

“哎哟喂，不要拿分手在我这种单身狗面前秀恩爱好嘛？酸死了，动不动就闹分手。”

“不是，真的，我们真的不可能了。”

“为什么？他做了什么对不起你的事情吗？”幻箴不敢相信感情如此之好的两个人竟然会形同陌路。

“因为我喜欢上了别人。”小火镇定地说。那一刻，仿佛连空气都是疼痛的。

“你再瞎说什么啊，你们感情这么好。”幻箴不敢相信自己的耳朵。小火是个博士，平时生活两点一线，怎么会喜欢上别人呢？

“真的，我喜欢上我师兄了。”

那一夜，小火聊起了她的师兄。从小火口中，师兄帅气逼人，气质出众，应该就是男神一般。她们的相遇源自毕业生见面会。作为嘉宾被邀请出席的师兄，被小火“一见误终身”。一个月的时间，经过激烈的思想斗争，小火决定向男友坦言这件事。

“那你的心会痛吗？”幻箴依然难以理解。

“会，当然会心痛。但我控制不了我自己。你知道吗，我和Y先生都要订婚了，这个周末本来是要回南京订婚的。可是我如果假装这件事没发生过，我会后悔一辈子，还会害了 Y 先生。既然不能给他幸福，更不能给他伤害。”小火面对感情极为感性，面对决绝却极为理性。

幻箴照顾小火睡着后，接到了苗总的电话。公司临时决定明天上午十点要做一个全媒体采编任务，现场为一个艺术家作品展开幕式。

幻箴打开电脑，做起了资料梳理，明天一早还要去和苗总对采访提纲。

第二十四章 意外的电话

翌日，采访如期举行。一大早，上海展览中心的7号门口就挤满了人。幻箴乘着苗总的车，穿过拥嚷的人流，挤进了友谊会堂。

记者团长枪短炮架起，只待开幕式开始。苗总和前来参加活动的记者同行们寒暄着，会议开始前剩三分钟的时间，苗总接了一个电话。迅速挂掉后，苗总急速跟幻箴嘱咐道："盯好会场，家里有事我得撤了。"

苗总外套都没来得及拿，脱下高跟鞋就飞跑起来。

医院长廊上，苗沐清满身是汗站在门诊大厅。此刻，只觉天旋地转，最终在抢救室的门口支撑不住倒在了墙边。

此刻，抢救室被推出的正是她的丈夫——王教授。她已经快4个月没见到他了，这个22岁那年为了单位分房而和她结合的男人，这个和她分居十余年的男人，这个为了小三、小四搬出家住绯闻满天飞的男人，这个体面而睿智的大学教授，正安详地躺在病床上，像是睡着了。

不一会，王教授的几个学生冲了进来，叫嚣着，哭成一片。他们并不认识苗沐清，因为她从没有以太太的身份和王教授出现在同一场合。在得知苗沐清的身份后，学生们不无惊讶地安慰着她。

她一点也难过不起来。这个男人对她来讲是陌生的。爱与恨都谈不上。

医院询问家属是否有意愿举行一个小小的遗体告别仪式。苗沐清怔怔地说“可以”，然后护士开始仪式准备工作。

学生还在断断续续安慰着苗沐清，一个小女生用无比崇拜的眼神和她讲述王老师对学术的专业精神和对学生的关爱之情。仿佛，那是一个苗沐清不认识的陌生人。

两个人在某种程度上的确算是陌生人。除了共同孕育过一个孩子，两人并无其他交集。虽然同住一个城市，两人一年只见两次面，一次是儿子生日，一次是过年。四个月前，儿子生日当天，他还带儿子去踢了一次足球。如今，却不省人事。她想不明白。

“患者不是说没有家属嘛，怎么突然来了个太太”，苗沐清在洗手间听到护士间小声议论。

“他好像一直一个人来做检查的，最后断气前才说自己有老婆。也是挺可怜的。毕竟时间太短了，从确诊到离世才五个月，一般癌症做手术能挺个几年呢！”

“癌症！”苗沐清不敢相信自己的耳朵。她一直没反应过来，仿佛自己和他人不在一个空间下。现在，她刚听到老王是得癌症去世的，她差点歪倒在厕所间。

原来上次儿子生日他就已经知道自己生病的消息，却没有同她透漏半个字。只是和她讲了很多奇怪的话。比如，感激她这么多年对儿子的照顾，感激她能够体谅自己教授的身份而不选择离婚，感谢她的隐忍。

其实，老王不知道，她之所以选择不离婚并不是因为隐忍，而是她自小不相信虚无缥缈爱情，只信婚姻。她的妈妈就是因为爱情与一个插队知青生下的她。出生前，亲生父亲给未出世的她取好了名字，就回了城，从此再无音讯。她从未见过自己的父亲，因此无比渴望父爱，无比在意家庭的完整。因此，当年 30 岁的老王跟 22 岁的苗沐清提出结婚时，她毫不犹豫地答应了。

70 后的苗沐清，并不知道什么叫“情投意合”，她更在意的是一个家。比起同龄人，她更渴望金钱，同时也渴望一个稳定的家。于是，她拼了命的赚钱，也早早嫁给了老王。新婚时老王对她还不错，给了她父亲般的关爱，她也为老王生下一个儿子。儿子六岁那年，老王某天突然从外回到家中，平静地跟她说，“沐清，我感觉累了，我们分开一段时间吧。”老王搬了出去，把房子留给了苗沐清。从那时起，两人已经分居了整整十六年。

这十几年的生活并不凄苦，老王定期给苗沐清支付高额赡养费，那几乎是老王的全部工资。她也选择了不打扰，专心打拼自己的事业。现在，她成了苗总，看着已经被宣布死亡的王教授，闪回的却是为数不多的记忆。

七天后，王教授的追悼会在上海龙华殡仪馆举行。幻箴和几个同事也来参加了追悼会。

在追悼会上，幻箴见到了苗总的儿子小杰。遗像上的王教授带着浓浓的学者风范，斯文、儒雅。和谣言中的他“名不副实”。苗总在追悼会上的致辞中，并未提及任何王教授生前所作所为的一个“不”字，满满都是夫妻之间相敬如宾的爱。

然而，在毫无泪水的脸上，幻箴感觉到了苗总隐隐的悲伤。

第二十五章 人生机遇

苗总大病了一场，要请一个月的病假。公司高层宣布艺术部等几个部门的管理工作暂由乐总负责。

乐总的风格和苗总不一样。苗总在工作中是有事说事，公私分明。乐总是一个性格风风火火的女上司，她风情万种、妖娆妩媚，工作对于她来讲只不过是一个社交的平台。但不可否认，乐总在公司也有立足之地，她手上的资源总是最好的。每当遇到搞不定的难题只要请她出马,总会柳暗花明。每当接待重要客户时，也都是乐总出马，作为公司的一个金字招牌。

周一一早，乐总召集几个部门开会。往常开会，大家都很严肃，各部门主任快速汇报工作，苗总干净利索的做个总结。今天的气氛明显不同与往常。刚一进门，浓烈的香水味扑面而来，桌子上放着一堆咖啡和面包。

乐总笑语盈盈地跟大家讲，“各位同事，活力满满的一周开始了。桌子上的早餐每人都有份。对于工作，我只有一个要求，自己动手，丰衣足食！只要有好的选题和内容，直接呼我，凡流量内容下周一皆有奖励”。说完，乐总用手挽了一下自己的大波浪，走了。

大家开心极了，欢呼雀跃着，吃吃喝喝。幻箴也觉得从未在公司如此的放松，可以在工作时间享受早餐的快乐。乐总的意思很明确，动员大家自己找素材找选题，而不是听部长安排。吃过早餐，大家都开始分头三三两两策划选题，准备出门采访了。

幻箴一点头绪都没有，以前都是苗总或主任带着她，现在一下子没了主意。下午两点，幻箴还在犯困，乐总踩着 JIMMY CHOO 的银色高跟鞋，噔噔噔地进了办公室的门。扫视了一番，走到幻箴面前，拍了拍她的肩膀，“小孟，跟我来一下。”

“好的，乐总。”

出了门，乐总跟幻箴讲，“小孟啊，今晚公司要参加一个酒会，本来是我参加的，临时有会去不了，你替我去顶一下啊！”

“乐总……可是我不会喝酒”，幻箴警觉起来。

“还真以为是让你去喝酒的？哈哈哈，今晚陆兆华会去，你们艺术处不会不知道他吧！能和他攀谈两句，可是独家新闻哦！”乐总还朝她抛了个媚眼。幻箴浑身一颤。

“陆兆华”三个字的影响力，幻箴自然是知道的。作为兆华文化传媒有限公司董事长、兆华艺术馆馆长、沪上知名艺术家，陆兆华的名气早已响彻上海滩。他的一幅单幅的画作可以在拍卖行拍到“天价”。能获得和陆董事共同出席活动的机会，也是职业生涯中难得的机会。

所以，为了能获得和陆兆华在酒会上见面的机会，她答应了下来。

“换身裙子,打个车去,我给你报销。”乐总嘱咐道。“不过，这个酒会要两天的时间，今晚是开幕式，在郊区地方偏远,我给你开个单间你第二天打车回来好了。”

幻箴一听要在外住一晚，本来要犹豫的回绝时，乐总已经将房卡塞进了幻箴的口袋里。

“谢谢侬，小孟。”

幻箴急忙回家准备酒会。挑来挑去，始终没有合适的衣服。无奈拨通了小火的电话，只能找小火借了。

小火火速回家帮幻箴挑了一身白色晚礼服裙。90斤的小火的裙子穿在100斤的幻箴身上，略显紧身。幻箴深吸一口气，才把自己塞进去。

酒会在佘山万事杰豪华会所举办。门口停车场早已停满了跑车。下车时，司机看了一眼幻箴，叹了口气，“小姑娘，别走错路，这些有钱人可不是什么好东西，你只会吃亏不会占便宜的，会吃苦头的。”

幻箴脸一红，急忙解释道，“大叔，不是你想的那样，我是记者，来采访的。”

司机依然摇摇头。

幻箴下了车，胆战心惊地走在豪车间，生怕踩到裙子。由于衣服偏紧，她不敢大喘气，只能端着架子踱步进去。

酒会还有半个小时才开始。会场里的姑娘个个都美艳、年轻、时尚，穿着性感的连衣裙，各种芬芳的气味混在一起，曼妙又多姿。

幻箴第一次来这种场合，没人认识她，也插不上话，便无趣地坐在角落的座位上。舞台灯五彩斑斓，晚宴部分开始了，服务员端上来一盘龙虾面。那是一个比脸盆还要大的盘子，幻箴震惊于龙虾面的体积如此之大。其他宾客依然在起身碰杯寒暄着，幻箴趁机将龙虾面吃了起来。多年以后，幻箴依然觉得那是最好吃的龙虾面。龙虾面就应该是这种样子这个味道。第一次的经历总是如此刻骨铭心。

幻箴发现陆兆华的桌子旁已经里三层外三层围堵地水泄不通了。幻箴知道自己插不上队碰不上照面，索性出来透透气。

第二十六章 掉了一半的门牙

因为迷路的缘故，幻箴误打误撞走进了吸烟区。恰巧吸烟区里有宾客在抽烟，幻箴便上前询问。

“先生，你好，你知道怎么去大门口吗？”

那人 30 度倾斜缓缓转过头，烟雾缭绕中，幻箴只能看得到侧脸。“返回宴会厅左转。”一个很有磁性的中年男子的声音。

“啊，谢谢，哦，那个，不好意思，我不记得返回宴会厅的路了，能否麻烦你带我一下？我不着急，等您抽完烟。”

男子顿了顿，准备熄灭烟头。

“先生，您可以再吸一会的。哦，不是，我没有这个意思。总之打扰您了，真是抱歉。”幻箴真心觉得很是抱歉。

对方依然没有说话。幻箴以为是自己打扰到了他，对方生气了。

"您是不是生气了，看上去不太开心。"

"酒会不够热闹吗？"男子开口。

"啊，不是啊，我第一次参加酒会，觉得太吵了，想出去透透气。"

"你这样子，是很难合群。"

"你说什么呢，我是记者，不是你想的那种女生。"

"那为什么来酒会？"

"我本来是要采访陆兆华的，可是想要结交他的人实在太多了，我排不上队。"

"所以你就放弃了？"

"没有啊，那肯定不能放弃。这次机会这么千载难逢，不论如何我都要采访到他。但是，我还没想好怎么采访他。"

"你的人生会因为这次采访有所改变吗？"

"不会啊，但我想做好首次独立采访，它对我很重要。"

"如果不是记者，你最想问他什么？"

"嗯……这我倒没想过。可能，想问问他，画画的时候在想什么吧！"

男子熄灭了烟，做了一个请的手势，示意幻箴一同返回宴会厅。"我猜，他在想，如何找到出口吧。"

幻箴听出他在开玩笑，咯咯笑着。走出吸烟区，她看清了男子的脸，这个人，正是陆兆华。

幻箴吓得不敢出声，宴会厅门口的迎宾小姐热情地拥了过来。陆先生转身跟幻箴说了一句，“你的出口找到了，在那个方向。我的还没找到。不过谢谢你，你提醒我，迷路的时候要寻求帮助。”

进了宴会厅的陆先生一改刚才的阴郁，欢声笑语地和宾客们亲切攀谈着。幻箴还在门口愣着的时候，一个年轻小伙子将一张名片递到她手上，“这是陆兆华先生的联系方式，需要找他的话可以跟我约时间，我是他的秘书 Kevin。”

酒会结束后，幻箴拿着名片，打算去会所合作酒店办理入住。幻箴迅速办好了入住。

正洗漱时，门铃声响起。幻箴以为是服务员来送瓶装水的，就打开了门。

一个肥胖的男人直接扑了上来，幻箴一个措手不及，被撞倒在地上。幻箴一时间蒙住了，完全来不及反应，本能地害怕和恐惧。她用尽全身力气奋力将男人推开爬起。肥胖男子眯着微醺的小眼睛，嘴里还不停地说着：“哥早就注意到你了，乐总派你来的吧，一个人坐角落里装什么矜持。听说你还勾搭上了陆兆华，他妈的有什么好的，狗东西，他不就是会装嘛，哥实诚，跟哥玩玩吧！”

说着，他伸出手开始不老实。幻箴拼命叫喊，却没喊来一人。情急之下，幻箴手抄起一个花瓶狠狠砸下去。说时迟那时快，胖男人眼角被砸中，恼羞成怒，起身用脚猛踹了一下幻箴，幻箴一个趔趄牙齿磕在了桌子上。

只觉一痛，满嘴出血。胖男人显然吓了一跳，夺门而去。幻箴将血洗净，看着镜子里的自己，门牙缺了半个。幻箴没哭，因为不幸中的万幸，她没有被拉入无底深渊。

暗自庆幸。

这件事她谁也没说，乐总也没再问过。生活的苦，她使劲咽下。因为她知道，现在的她，手里握着光——陆兆华这张底牌。

幸运终于降临。她获得了陆兆华独家专访的机会，各类新媒体报道也陆续发布，获得了很大的轰动。还有很多同行主动向幻箴示好，人脉资源一下子就广了起来。

所有的不幸中都埋伏着幸运，所有的幸运也是某种不幸。生活赐予你的疼痛，最终都会以蜜糖还之于你。

第二十七章 苗总恋爱了

一个月很快就过去了，苗总终于回来上班了。幻箴欣喜不已，苗总却变得愈加消沉。

日子就这样过，终于有一天，幻箴看着苗总露出了久违的笑容。从苗总的朋友圈最近总是在发布美食照片，“感谢从无到有，感谢从十指不沾阳春水到为我洗手作羹汤”“被金融耽误的美食家”“今天的鱼汤是奶白色的”等等。

直到有一天，同事们再也按捺不住，叽叽喳喳问苗总，“苗总啊苗总，最近厨艺见长啊，天天晒美食，每逢周末必深夜放毒，这样好嘛？”“是呀，苗总，你是不是报了厨艺培训班呀？”“苗总什么时候给我们做点好吃的尝尝呀！”

“不是我做的，我只是借图一用，快回去工作。”苗总竟然羞红了脸。

大家很快散开了，议论还在继续，“苗总肯定是恋爱了，这么羞涩。”

下班后，苗总留下幻箴。“幻箴，最近公司空出来一个副主任的位置，社会新闻部，你愿意尝试一下去竞聘吗？”

“我吗？我恐怕资历不够吧，而且我还没想过这件事。”

“条件是合适的，我看过了。就看你自己愿不愿意尝试。想好了告诉我，我给你表格填。时间不多，明天中午前截止报名。”

“好，那我认真考虑考虑。”

想着自己也是传媒专业出身，做社会新闻也是老本行。这个晋升的机会的确很难得，苗总又信任自己。经过一个晚上的深思熟虑，幻箴决定尝试一下。

翌日上班时，幻箴想将心中想法告诉苗总。正要走进苗总办公室，听到苗总在打电话，语气明显娇嗔很多，和往日的苗总判若两人。等苗总打完电话，幻箴敲开了办公室的门，拿回了表格。因为要写述职情况，幻箴中午没休息，一直在修改自己的简历。写着写着，竟然睡着了。

同事左左本来是想给幻箴披个毯子盖上的，无意中看到了幻箴的表格。下午上班时，同事间议论开来，说幻箴靠关系上位，肯定是被陆兆华潜规则了。

幻箴委屈极了，她无人倾诉，只能找到苗总。

“我要怎么解释她们才肯听我的呀！”幻箴快急哭了。

“幻箴，你要知道，他们只是你人生的过客。你有更重要的事情要做。与其急于向他人证明自己，不如成为更好的自己，堵住他们的嘴。我相信你是个坚强的姑娘”。

幻箴抹去眼泪，交了表格。

“幻箴，你今晚有空嘛，看你哭成这样，我请你吃饭吧。”苗总发出邀请。

幻箴点点头。

吃饭期间，幻箴从苗总本人口中得知，她恋爱了。46 岁的苗总，第一次体会到了爱情的感觉。那人是苗总的发小，至今未婚且独身主义。在苗总修养住院期间，因去看望同病房的朋友和苗总偶遇重逢，两人一见如故。

二十年未见，对方已成为上海金融圈的大佬，坐拥数家上市公司的股份，却愿意为了追求苗总成为一个厨子。因为苗总胃不好，常年胃溃疡，这位大佬专门学做养胃餐帮苗总调理身子。两人在一起，穿最朴素的衣服，逛大众的超市，亲密的和其他中年夫妇并无两样。好似，陪伴苗总走过了这二十多年的就是他。

爱情什么时候来临都不算晚。人生海海，只要它来，我们就等得起。

说起这些，苗总又泛红了脸。

爱情什么时候来临都不算晚。人生海海，只要它来，我们就等得起。

第二十八章　人为刀俎，我为鱼肉

表格交上去了，接下来是述职面试。幻箴将一切心思收起，专心准备面试。

幻箴这次极为小心，给自己的述职文档加了密，同事间也闭口不提这件事。渐渐地传言也就散去了。

站在几个面试官面前，幻箴自信而笃定。她讲述了自己对新闻事业的热爱，对新媒体行业的一些看法，以及近三年的职业规划。评委一致点头示意，除了苗总旁边的那个带着低低鸭舌帽的男子。从头到尾，他始终没有摘下帽子，也看不清他的脸。

述职结束后，进入了考察期。公司董事长找幻箴谈了话，说有人写信实名举报自己，对职位晋升候选人资格提出反对意见。理由是拍到了孟幻箴和陆兆华在一起的不雅照，对方宣称有图有真相。公司高层已经约谈了举报人，会严肃查促这件事。“请孟小姐这段时间在工作之余配合我们调查。”

幻箴惊讶、委屈、愤怒之余，什么也说不出。走出董事长办公室，幻箴隐约觉得这件事没那么简单。自己平时在公司都是人畜无害的，怎么就招惹了小人惹来一身骚？

正想着，乐总发来了短信，“中午汇泰广场三楼西餐厅，给你答案。”

幻箴如约来到西餐厅，乐总早已等候多时。乐总点了最贵的安格斯牛眼牛排，法式鹅肝和爱尔兰空运生蚝。然后，乐总一改往日的大气、飒爽与魅惑，十分温柔地拉着幻箴的手，“小孟呀，上次佘山的事，得谢谢你。”

“谢我什么？”

“帮我教训了庄大良那个混蛋呀！我也是后来才听说，庄总的眼角是采蜜采到了自己人头上被教训了。”

“你认识那天那个胖子？”

“怎么，孟小姐不认识吗？面试那天，他可是也在场哦”。幻箴猛然想起那个戴黑色鸭舌帽的男子。

“你知道他十恶不赦还故意骗我去那天的活动，欺人太甚吧！”幻箴有一种被愚弄的感觉。

“孟小姐，咱们可是互相成全，谈不上什么欺负人吧。别忘了,你现在也马上是一名副部长了。年纪轻轻，前途大有可为啊！”乐总哈哈一笑，“来，Cheers”。

“乐总今天叫我来，不会就是为了跟我说这个吧！”

“别着急啊，孟小姐，做人事的人可不急一顿饭的工夫。你要的答案我还没说完。写举报信的人是你们艺术部的左左，她也想成为这次副部长的候选人，被苗总拒绝了。庄总收买了她，承诺只要她出面指正，就把这个机会让给她。”

“然后呢？乐总想要我报复左左？”

“左左只是把枪，没什么意思。我给你指条路，不仅可以帮你留住位置，还能让庄总永远离开咱们公司。你要知道，庄总的最终目的可是要让你非常不体面的离开咱们公司。”

“身正不怕影子斜，我问心无愧。”

“那你看看这个”，乐总掏出手机，一张极为羞耻的艳照赫然映入眼帘，照片上的女主，竟然就是幻箴。

“怎么会这样？”

“孟小姐，这种 P 图花不了多少钱，可是造成的舆论压力足以让你离开公司了。三人成虎，你不会不懂吧？”

“你想让我做什么？”幻箴颤抖着。

“别怕，小妹妹，我们可以以其人之道还治其人之身。庄大良天天在外面惹得一身骚，他的太太早就对他恨之入骨。恨不得拔了他的皮，吃了他的肉。庄大良把自己的钱看得紧，庄太太找私家侦探拍了他很多小黄片，这可是实打实的证据，拿去鉴定都没问题。庄太太正和庄大良打离婚官司，只要你添油加醋地说出那天庄大良对你做了禽兽不如的事，怕事情败露才陷害你的‘事实’，公司的舆论焦点就会转移到庄大良身上。这样一来，他是丢了工作又净身出户。这样，你以来解了恨，二来保住了前途，三来嘛，庄太太大方得很，你在上海买房的首付至少是保底的。怎么样，一石三鸟，划不划算？”乐总一饮而尽，笑意盈盈。

幻箴没着急回答，她的心乱极了。

第二十九章 最后的决定

她和左左依旧同事隔壁桌，两人不动声色地工作，甚至还每天在一起吃午餐。左左还时不时安慰幻箴别着急，她相信幻箴不会做那样的事。

很快，公司高层又约谈了幻箴。简单问了一下她和陆兆华相识的经过。

乐总按捺不住，给幻箴打了电话。“孟小姐，我可提醒你，能做证人的姑娘可是排着队想揽生意呢，实在不行抓紧说一声，把机会让给别人，不过这样，你还是要离开公司，到时候可没人帮你说话！”

幻箴皱紧了眉头，轻咬着嘴唇。

这时，手机又响起。幻箴一看是个陌生固话，以为是推销电话。

“我不买房，谢谢！”幻箴气呼呼地着急要挂掉电话。

“什么事让孟小姐这么生气？”

幻箴一惊，竟是陆兆华打来的。

“抱歉，陆先生，我不是说您，我还以为是……”幻箴不知道该说什么好。

“应该我说抱歉才对，听说我给孟小姐造成了工作上的困扰。”

“没有，是我招惹了小人才会这样。没给您造成麻烦吧？”

“不用担心我。你有需要可以跟我秘书讲，他会帮你的。”

“好的，谢谢您。”

“对了，我有新的作品要布展，欢迎你来参观。没想到，你一个傻乎乎的姑娘，有这么大的勇气和能量。”

挂掉电话，幻箴继续工作。她看着左左笑意盈盈给她递咖啡，看着同事们欢乐无比的午休时光，她感觉自己可能要离开这里了。唯一不舍的，是她热爱的传媒事业。

晚上，她拨通了听荷的手机。

“听荷，你怎么样，宝宝还听话吗？”

“我还好，日子过得云淡风轻的。倒是我的幻箴同学，是不是遇到什么事情了？”

“没有，我就是想你了。想着我们高中时代那会多好，人家都是一样的纯洁善良。”

“那是你纯洁善良，所以你觉得全世界都纯洁善良。

幻箴，如果你愿意，你现在以后可以一直这么纯洁善良下去。”

“那凭什么就我要做这个好人呀，我为什么不能做一回坏人呢！”幻箴佯装生气，愤愤不平。

“因为你是可爱的小天使呀！”听荷打趣道，“对了，我想给夏老师生一个孩子，属于我们俩的孩子。”

“好了好了，不要给我秀恩爱了。”

世间丑恶，仍应选择独善其身；世人冷漠，仍应选择独暖情真；世道伪善，仍应选择独执一心；教化自保，仍应选择不惧途险。幻箴放下电话，心里有了答案。

再一次约谈时，董事长问她有什么要说明和补充的。幻箴还是选择了沉默。

“那你回去听消息吧，这段时间辛苦了！”

翌日上班，公司一楼大厅贴出了名单，社会新闻部的副部长一栏写着三个大字——“孟幻箴”。

苗总告诉幻箴，公司拿照片去鉴定，还用测谎仪测了举报人，都证明幻箴是被冤枉的。

幻箴松了一口气。

选择沉默，是幻箴对自己最后的底线。

第三十章 为爱焚身

丁小火最近状态也好起来，她正式开始和师兄交往了。一天吃晚饭时，她告诉幻箴，师兄有一个非婚生的儿子，和前女友生的。

幻箴惊讶极了，“你不介意吗？他也太不负责任了吧。”

“说一点不介意也是假的，可一想到他的脸，我就喜欢的不行。你可以说颜控很无耻很白痴，但我就是控制不住的喜欢他。”

“那他的孩子现在由他前女友抚养吗？”

“是的，他前女友是信基督教的，不能堕胎，分手后就回香港去生孩子了，再也没回来过。”

“那你不怕她有一天回来找他吗？他毕竟还有一个儿子呀！”

“我不知道怕不怕，我只知道我爱他。”

“好吧，为了你的爱情，干杯！”

“幻箴，我今天不喝酒，我怀孕了。”

幻箴惊讶地一口酒喷了出来，呛得鼻子酸。“大小姐，开什么玩笑，你想好要给他生孩子了？他会娶你吗？你认真的吗？”

“会，他已经向我求婚了。我们明天就去领证。”

幻箴很想拦住飞蛾扑火的丁小火，但她知道自己无能为力。这个世界有时很不公平，好姑娘争先恐后为渣男生孩子，好男生反而单身。尽管愤愤不平，幻箴还是祝福小火。

小火如愿嫁给了师兄，肚子一天天隆了起来。待产期的小火不得已休学疗养，被接到了师兄的公寓去住。虽然不常看到小火，但她的朋友圈每天是嘻嘻哈哈的内容，看来日子过得也不错。

十月怀胎，孩子出生了，是个八斤六两的大胖闺女。幻箴包了个大红包打算去看看刚出世的孩子。

“快看，囡囡，这是你孟姨。”

“叫啥孟姨，这么老气的叫法，叫我干妈吧！”

“好多姑娘排队等着叫我囡囡干女儿呢，叫你抢占了先机。”看来丁小火产后恢复得不错，不忘开个玩笑。

“好好好，女王大人，给公主做干妈是我的荣幸。”幻箴也打趣道。

“话说，你婆婆怎么没来给你看孩子啊？你没请月嫂吗？”

“没有，我恢复得挺好的，自己可以的。”

“你老公呢？”

“他去上班了，今年刚工作，我想让他多顾顾工作。”

“那谁来顾你啊？不行，你还是得听我的，请个保姆，才是长久之计。人家说，月子里落下个毛病可是一辈子的，不能儿戏！”

“知道啦知道啦。我该喂奶了，你自己随便吃点啥，桌子上有小零食。”

“你先好好休息，等你出了月子我再来看你。”幻箴临走前，又偷偷往红包里多塞了500块钱。

第三十一章 生死一线

哺乳期，刚刚尝过初为人母喜悦之情的小火，皮肤上开始出现大块大块的红色。起初，小火以为是过敏，还去药店买了过敏药去擦拭。后来，身体每况愈下，被确诊为红斑狼疮。医生告诉小火，因为怀孕生子的缘故导致雌激素过高，才诱发了红斑狼疮。也就是说，如果不生下这个孩子，小火就不会得病。这个病无法治愈，只能终生服用激素控制病情，病人也随时可能离开这个世界。此外，小火还需要和家人商量治疗方案。

出了医院，小火像变了一个人。她对于未来所有的憧憬，都死在了这一刻。但是为了孩子，她必须要活下去。因为结婚的事和家里闹了别扭，也不愿再跟家里伸手要钱。无奈，小火的老公为她卖了房子筹钱治病。

半个月后，动了手术，小火被切除了胸部，两个月后，小火已经不愿出门见人。不是因为懒，而是因为她的体重已经 200 多斤，快速增重使得她大汗淋漓气喘吁吁。她把仅有的体力和精力用来照顾孩子。小火已经告知学校，自己的身体状况已经不适合继续学业，但学校仍然暂时为她保留了学籍，还为她募集捐款。小火觉得，只要能和老公一起陪着囡囡长大，多活几年，就是最大的幸福。

小火依然活得很艰难，小心翼翼地晒太阳、小心翼翼地喝水吃饭，随时戴着口罩，每天服用激素。可是和囡囡在一起，她就觉得自己有着无穷的力量。可能，这就是母爱的伟大吧！

再次见到小火时，小火已经看不出原来的样子了。如果说三个月以前的小火是女神，现在的小火只能用中年大妈来形容了。憔悴、臃肿、话不多却一直在忙碌。看着肿大的手熟练地换着纸尿裤，幻筬很难想象这曾是一双画油画的手，一双写论文的手，一双为她挑选过晚礼服的手。

小火的妈妈最终得知了这件事，过来帮忙给小火带孩子。小火妈妈看到小火的生活，只觉不易和艰辛，将之前的不快放到脑后，帮小火一起照顾起了这个被苦难笼罩的小家。

小火的病情暂时控制住了，可依然需要静养服药。在这段日子里，她的丈夫对她也是照顾有加，没有丝毫犹豫。小火觉得，只要不坠入深渊，哪怕临渊走险也是庆幸的。

“你后悔生这个孩子吗？如果没有她，你现在博士毕业，可以完成做大学老师的人生理想了，也不会……”幻箴问。

“不，我从不后悔，嫁给师兄、孕育囡囡是我此生最大的幸福。如果这幸福需要苦难做注解，我毫无怨言。逆天改命，这是我应得的。”小火一脸的天真和决绝。

第三十二章 母爱的伟大

幻箴突然间想到自己的妈妈。

自从长大后，幻箴一直都以为自己和妈妈不是一种人。虽然没有她大气谦和，但自己比她聪明，比她漂亮，比她优秀，比她见多识广。总之，自己和她太不一样。

对，就是这个称呼，“自己和她”，而不是小时候口中的“我们俩”。

尤其是读大学之后，电话里面对只有大专学历的她几度歇斯底里。记不得是什么事情让自己如此暴脾气。可能是因为在学生会遭遇的人际关系不合，可能是因为面对未来我的自负和不羁。

于是，妈妈成了自己疲惫、沮丧时的出气筒，甚至把对遭遇的不满不公平地转移成与她的争吵。经常在倾诉中因为她的担忧疑虑而怒气横生，也会因为她的不知所措而幽怨叹息。

后来，终于毕业工作，交到了几个朋友，看世界的角度变得多样。时常在电话那头，自己眉飞色舞地向她讲述自己的见闻和新交到的朋友，讲自己对这座城市的热爱和城市的五光十色。讲种种机遇，讲生命里遇到的贵人。妈妈欣慰之余，也不再多说什么，每次都直言“支持”，也提醒自己不要太累。

然而依旧时常埋怨她不能理解自己，不懂自己，跟不上时代发展了等等。而妈妈，更多的是沉默。

看到丁小火为了生孩子不顾死活的样子，突然觉得很心酸。母爱的力量如此强大，如此令人折服。

从没意识到自己这些年不可逆的长大，身体的和心理的，对妈妈来说到底意味着什么。妈妈总是习惯性忙碌操劳，习惯性地去照顾别人。

有一天，自己在烧菜时不自禁哼起了歌，一首很老的歌——《渴望》。都不知道这首歌我是怎么学会的，那种系着围裙哼着歌的样子像极了她。而妈妈最爱哼的，就是这首歌。

突然间发现，自己和妈妈是同一种人。一样的肠胃不好，一样的膝盖会因寒冷而疼痛，一样的面对情感敏感脆弱，又一样的面对生活坚强无比。

现在的幻箴，终于能正视自己了，能坦然面对自己的过去了，也能不那么难过地回忆起自己的十八岁了。可是妈妈，也老了。

刚工作时，有一次聚餐喝了酒，回去后一个人坐在小区长椅上哭了一个小时，时而嚎啕，时而掩面无声。幻箴感觉自己再这样下去会做极端的事，打开通讯录看了一圈后，还是拨给了老妈。

然后，在断断续续的哭声中，妈妈只说了五个字“回家去睡吧”。

那一夜，幻箴不知道她有没有入睡。直到翌日中午醒来，又拨回妈妈的号码，妈妈秒接后说道“我就知道你没事”。不知道为什么她没问自己为什么不开心，作为一个没有在大城市打拼过的妈妈，只告诉自己“你没事”。

出乎意料的是，从那之后，每逢不开心顺遂的事，幻箴都会告诉自己“我没事”。积压在内心的乌云还在，但幻箴已经学会尽量让更多阳光普照进来。

幻箴还是愿意和妈妈平静地分享，好与坏。

幻箴越长大越发现，其实最难过的不是深夜痛哭而是哭不出来。感谢妈妈，让自己可以在电话那头号啕大哭，将一切的委屈发泄出来，让自己有了在这个陌生的大城市奋斗下去的理由，让自己有了一个“家”的后盾。

这就是母亲这个角色带给子女一生的最无可替代的温暖。

第三十三章　亡魂的警告

周末，幻箴一个人在家，百无聊赖地拨弄着电视遥控器，刹时间一则新闻的播报让她一口水喷了出来。

“今日上午 9 时许，市公安局松江分局接到报警，坐落于大学城内某高校一女大学生坠楼身亡，目前警方初判为自杀行为，从遗书看疑似因‘校园裸贷’引发。今天下午警方已传讯相关借贷公司负责人，具体情况本台将继续跟进……”，电视上是打了马赛克的女生的脸，那一头瀑布一般的大波浪，让幻箴心头一紧，定是林弯弯没错了。

“您所拨打的电话已关机……”幻箴无奈地挂掉了电话。

周一一早，幻箴终于拨通了林弯弯的手机。匆忙跟公司请了个假，打车到了弯弯的住处。

进门后，是脸色苍白神情呆滞的弯弯。幻箴一把抱住了她，从地上拖上了沙发。

“弯弯，到底发生了什么？”

“你知道吗，幻箴，一切都完了。”

“怎么就完了，那个刘哥呢？”

“他早跑了，钱也都带走了。”

“那个女学生的死和你们公司有关系嘛？”

“造孽呀，警察说她遗书里白纸黑字写着因还不起债务和高额利息才选择跳楼，刘胡文那个混蛋竟然威胁她卖淫。你知道吗，那个女孩子是我们的学妹呀！她跳楼的地方，是我们原来的寝室楼，呜呜呜……”

“那你和警察说清楚呀！这不关你的事呀！”

“说清楚？说不清楚，我和刘胡文是一条船上的蚂蚱，合伙人你懂不懂，他跑了，顶罪的理应是我！”

幻箴一时不知该说什么是好，她只能抱住虚脱的弯弯，不断说着什么话安慰她。因为恐惧，两人不住地打抖。

一个月后，警方通报了结果，移送司法机关进一步审理。刘哥暂时还未找到，理财者的钱也无处讨伐，只能将所有的火气都发泄在林弯弯身上。林弯弯东躲西藏，还是被讨债者恶意打伤。最终，法院以非法吸收公众财产罪宣判林弯弯判处有期徒刑一年零三个月。

穿着囚服的林弯弯，头发被剪到耳根。没有涂化妆品的脸，皮肤有些皴干。幻箴心疼地将一瓶百雀羚的护肤品带给狱警，请求帮忙带给弯弯。

“弯弯，你好好的，保护好自己，我等你出来。”

“没事，幻箴。这些天，我想了很多。刑罚只能从法律上接受改造与悔过，却无法从心灵上获得彻底的解脱。我一闭眼，眼前就浮现那个死去的学妹的影子。她穿了一件白裙子，和当年的我们一样单纯善良无辜。”

出了监狱的门，刚松口气，就接到了丁小火的电话。听上去，不太好。

赶到小火家的时候，门大开着，正看到一个陌生的中年女子朝小火砸枕头，小火怀里护着弱小的孩子。

接过小火手里的孩子，还未来得及抚慰惊魂未定的小火，那个陌生女子又是一顿狂风骤雨般的怒吼。

“能耐了你个狐狸精，还敢叫人来。”

“妈，您消消气，别伤到孩子。”

“别叫我妈，我从没认过你这个儿媳妇。你不配！”

“您不认我没关系，可囡囡毕竟是您的孙女啊！”

“所以我才要要回我的孙女。前提是，我得带她去查查有没有遗传你的绝症基因！”

“妈，我求求你，不要带走我的孩子！”说着用全身力气去护着囡囡。

“你这个老女人，凶什么凶，这又不是你家，滚出这里，休想伤害囡囡一下。”幻箴看到这里着实看不下去了，要替小火出口气。

“你是什么东西，敢这样和我说话。管我们家的事干嘛，多管闲事！”

“我是囡囡的干妈，有义务保护囡囡。你既然承认这是你们家的家务事，也就算认了小火这个儿媳妇和我怀里的孙女。给你家里人个面子，先回去，冷静下来等你儿子回来再说！”幻箴作为一个局外人，格外冷静。她深知，小火的老公不在场，小火是铁定吃亏的。

“呦，我当是谁呢，不就是个自封的干妈嘛，我们家的事，用得着你发号施令嘛！年纪轻轻就多管闲事，小心折寿哦！”

“我就算折寿也比你活得久，不劳您操心。你敢来抢孩子，我就报警。刚刚发生的一切我可都用手机录下来了。看您穿的，应该也是有头有脸的人物，到时候视频一旦上传到微博，您的形象在网友口中会说成什么样您自己心里清楚。再不济，我大人有大量，不给你曝光，交到警察叔叔手里，您也知道后果。警察只会教育教育您了事，大家不过费点时间进一次警局而已。保不齐被您的朋友看到也说不定。”

陌生女子被幻箴的伶牙俐齿说的一愣，犹豫了起来。“好你个小妞，和丁小火一样不是什么好东西，都是有病的！我赶紧回家洗洗，千万别被你们传染！”说着，就一溜烟跑了。

“呵，不光脸保养得好，身子骨还挺好的。”幻箴打趣道。

第三十四章 婆媳大作战

“幻箴，今天谢谢你，要是没有你，我都挺不过去可能再也见不到囡囡了。”

“说啥呢，我是囡囡的干妈，理应保护她。话说，这是你婆婆？”

“是，我们当初结婚时，她妈妈不喜欢我，觉得我们家配不上她们家。她一直想让我老公和上一个女朋友结婚，可奈何他的前女友也看不上他家的背景。好在我们俩情投意合才领了证，这也是我们一直没办酒席的原因。本来我们日子一过，他妈也就不说什么了，奈何我生了这病，他妈觉得会传染给孩子，硬要把囡囡接到身边去养。”

“那肯定不能给她，她那个势利眼的恶婆婆样子，养的出什么好孩子！”幻箴说完这句话，总觉得哪里不妥，连忙打圆场，“不过，许是今天情绪激动了，也许平时不这样呢！”

“不管怎么说，我老公一会就回来了，等他回来再说吧！”

“我陪你等，省得她半路杀回来你招架不住。对了，你妈去哪里了？”

“她回去了，我爸这两天身体也不好，我让她回家去住两天。恰好今天我老公去外地出差了，现在下暴雨，都不知道赶不赶得回来。”小火全身绵软，仿佛要晕倒了。

“不行，你现在生病期间，还是要静养。一会你老公回来，我得好好说说他！”

小火已经说不出任何话了。她半躺在沙发上，幻箴忙着给啼哭的孩子兑奶粉喝。

过了三个小时，小火的老公冒雨回来了。他显然是知道这一切的，个中复杂很难讲清。

“你好，我是幻箴，小火的室友，我们之前见过的。”

“嗯。”

“小火睡下了，她不太舒服。今天下午您的母亲大闹了你们家，你晓得吧？”

“嗯。”

“你晓得为什么不急着赶回来劝架？”幻箴怒火中伤。

“……”对面是一阵沉默。“你还没结婚，很多家事和你说不清楚。不管怎么说，是我不对。”

“一句‘是我不对’就想蒙混过关？那小火以后怎

么依靠你？你妈那个盛气凌人的样子，恨不得把小火吃了，把你们的孩子吃了！”幻箴瞪圆了眼睛，她再也不是那个有委屈不敢说的幻箴了，这些年这些事让她明白，女人只有自己抗争才会有平等的权利，不管是在事业上还是在家庭中。

“你无权评判我的母亲，她也是为了我好。你要知道，我也是个普通人，和小火生活下去，我有很大的压力。她随时可能离去，我每天都活在担惊受怕里。我知道离开她这种做法很禽兽，可深夜这种想法在我脑海中闪现过无数次。她痛苦难道我不痛苦吗？！”小火的老公情绪也激动起来。

幻箴没想到，小火老公面对爱人患病后的怯懦、隐忍和恐惧。她的确无权指责，毕竟她们才是一家人。“抱歉，我的话有些重，我只想说请你对小火更加保护，她很需要你。”

“咚”的一声，两人急忙过去看，还以为是囡囡掉到床下了。原来是小火。小火睡醒迷迷糊糊想喝水，刚走到厨房门口就听到两人的谈话。

小火晕厥送医院，医生说小火不能再受半点刺激，希望家属配合治疗，给患者以最大的支持。

“幻箴，我想离婚。”醒来后，只看见幻箴一人的小火，只说了这一句话。

“瞎说什么呢！你老公去给你办住院手续了。他没有丢下你。”

“就是因为这样，我才要离开他。我不想拖累他，他应该休息了。”

“小火，你在说气话。你们是夫妻，哪有什么拖不拖累的。”

“这些天我也想了很多，从我当初执意要嫁给他的那天起，我就做好了承受一切的准备。只可惜，我们的缘分这么短。他不想做圣人，也没必要做圣人。我们各自安好。”

“小火，你再想想，过段时间再说。你这身体，需要他照顾啊！”

“没什么可想的，我还爱他，以前是，现在是，今后是。所以，我才放他自由，这不是气话。”小火坚定地说。

一周后，小火去民政局办了离婚证。条件只有一个——孩子自己养。小火婆婆当然愿意，因为这孩子说不定也有这种患病基因，是个大隐患，不值得被花钱“培养”。而小火的老公,也如愿做了一回“普通人”。

生囡囡的时候，小火是难产，生了 12 个小时加侧切手术。躺在病床上的时候，她就做好了决定。此生哪怕老公无缘白头到老，只要这个孩子在，一切就有希望。所以，她保住了爱情的结晶、人生的希望，换得了清净和洒脱。

第三十五章 黑狗

“你有多久没有好好注视过你自己？

你有多久没有开怀大笑或是失声痛哭？

你还有没有战胜自我激发改变的勇气？

你的生活，是否还透着光？”

如今，幻箴逐渐理解了“日子”这个词。它意味着无穷无尽的琐事，重复性单调乏味的行为。然而，年轻的身体啊，内心总有一头压制不住的困兽。人一忧愁，就老了。

城市生活把人搞得面目憔悴，它给眼角印上皱纹，它让人老气横秋，它颐指气使让人无奈忧伤，它用一种极其冰冷的声音告诉城市中的人们，快乐是件奢侈品，限量款的那种。

岁月真是个小偷啊，它偷走了脾气，偷走了稚气，偷走了神气，偷走了热爱，但它把故事还给人们了，它硬塞在人们心里，拔不出来。只能拿个盖子给它盖上，不至于太难看，又怕它着凉。

然而，生命不应是这样的，它应该是鲜活的，彩色的，多姿的，高昂的，精神百倍的，不服输的，倔强的，闪烁着茫茫微光的。

冬天来了，幻箴觉得世界越来越灰暗了。自从看了那个片子《黑狗》，幻箴才发觉自己可能得了抑郁症。可她知如何反抗。

直到有一天，幻箴在会议室开一个很重要的会时，眼泪突然间吧嗒吧嗒跌落在笔记本电脑键盘上。坐在角落的幻箴，待了一会才发觉自己在流泪。慌乱了一秒钟，迅速抹去了泪痕，尽力掩饰自己的尴尬。

“还好没有同事看到”，幻箴内心嘀咕着。

回家的地铁上，幻箴感觉视线范围内的一切都是灰色的，内心没有一丝的波澜。回家后，毫无食欲的幻箴一头栽倒在床上，一种说不清的恐惧感扑面而来，对这个世界已没有了任何期待。她不清楚自己为何此刻躺在这张床上，也不清楚自己为何会来到上海这座城市，以及在这座城市生活下去的动力。

有些情绪无法排解掉，它长在心里，就像贝壳跑进了沙子。时间久了，在外人看来是光彩夺目的珍珠，于己而言，只不过是不能吞噬的噩梦罢了。

累啊，成年人的疲惫是无以明说。

最终，幻箴选择去看心理医生。因囊中羞涩，幻箴随便挂了一个普通门诊，接诊她的正是青年医生Doctor Chen。

“说吧，怎么了？”

“我也不知道，每天都不开心，做什么都没精神”，幻箴无奈道。

陈医生并没有如电影中的心理医生引导幻箴讲述自己的成长经历或是日常经历，经过初步的医疗诊断，他给幻箴开了一种名为“氢溴酸西酞普兰片”的小药片。

幻箴一开始拒绝吃药，但又不愿意跟任何人倾诉。她把自己锁闭起来。但没过多久，当幻箴察觉到这种情绪严重影响到自己的生活时，不得已开始尝试服药。

刚开始服用时，整个人都感觉很积极很亢奋，仿佛黑狗一下子就消失了。药效过去，感觉重回，不得已又吞下一颗。再后来,吃药后也感觉自己像行尸走肉，毫无思想，愈加痛苦。

再后来，幻箴开始酗酒，寡淡无味的生活，在酒精的微醺刺激下，变幻出一种摇曳的风姿。曾幻想过的无数种辉煌前路，抵不过儿时的一张床。对，此刻的幻箴，只想躺在童年的床上。

再次来到医院的心理诊室，幻箴只觉更加沮丧。更丧的是，她发现陈医生只是来医院实习的实习医生，那天问诊的本应是他的带教老师，临时有事出去了一会。

陈医生刚进来，幻箴便气愤地说道，“你这个庸医，乱开药！”说罢，幻箴将药盒扔在了陈医生面前。

“火气这么大，看来你比医生还懂嘛！”陈医生调侃道。

幻箴火气更大了，“你就这样对待你的病人吗？”说着便拿起手边的一个玻璃杯。

“我警告你，你这算医闹啊！”陈医生见状便往后退。

话音还未落，杯子已经碎了一地。许是地板太滑，幻箴摔了一跤，杯子从手上滑了出去，幸好没砸到陈医生脸上。

陈医生一个闪躲，顺势抓住了幻箴的手腕。幻箴一下子就傻掉了，脸色惨白，“哇”的一声哭了出来。

“对不起，我平时不是这样的”，幻箴边啜泣边说道。

“没事的，你只是生病了。”陈医生轻拍着幻箴后背，安抚道，“生病不是你的错，抑郁症就像感冒，治好了虽然不能保证一辈子不会复发，至少可以恢复到往常的生活中去。你要对自己有信心。”

待幻箴情绪平稳后，慢慢开始倾吐自己，开口却一头愁绪无从说起。陈医生淡然地抚慰着幻箴，“没关系，想到什么说什么。”

幻箴就用自己碎片式的话语一一倾吐。好像从没有说过这么多的话，像是跨过了一座山、游过了一片海。

陈医生默默听着，直到幻箴说累了。

“有的人生而凛冽，寒风一般，对自己和世界有着深刻地自省;有的人生而怯懦，习惯性蜷缩，像个蜗牛。人们能做的，就是接受那个最初的、真实的自己。只有接纳了自己，才能跟生活和解，不那么拧巴地活着。当然，和解不意味着妥协，而是为了坦然前行，减轻负重，继续创造属于自己的生命力。比如，试着回到一个不一样的原点。接纳了自己，就可以对那些凡事做之前可以想好万全之策如鱼得水全身而退的人们自豪地说一句‘我做不到’，是的，很自豪。平凡的你我就是这样，跌跌撞撞，稳扎稳打，缓慢前行，渴望拥抱热气腾腾地活着。至于什么是热气腾腾地活着，要你自己去体悟了。”陈医生起身轻轻拍了拍幻箴的肩膀。

第三十六章 上海是什么

“我不知道这个世界上有多少年轻人，在伦敦、东京、纽约、北上广这样的大城市打拼着，背负着些许坚信的屈辱，不放过任何机会，毅然选择永久逃离自己的家乡，那方生养自己的土地。”

幻箴看到这句话的时候，极其感同身受。幻箴想，这个世界上，每一个国家，每一个在大城市打拼的孩子或许都会有和自己一样的经历和思绪。或许远方的他也正在苦闷、经历生活的不如意，但依然要相信自己的优秀，相信自己的付出，相信社会会越来越进步。多希望社会给外地来的年轻人多一些时间，客观且公正。因为有些年轻人身上有强大的力量，这种力量所向披靡，绝地反击。

爸妈也经常说，青野有什么不好，只是和上海不一样罢了。那是一种更高级的文化比较，不从文化落差的角度去评判，而是从相异的角度去看待。但幻箴做不到。因为生活在这个城市，必须要想法设法融入这个城市，才能更好地活下去，给自己的下一代营造一个更好的生活环境。必须要接纳它不好的那一面，才能去享有好的那一面。虽然举步维艰，但每一步都是值得的。

对于幻箴来说，“上海”两字是个充满魔力的字眼。许鞍华版《姨妈的后现代生活》中的姨妈从鞍山到上海二十年后又回到鞍山，启程的路上那灯火通明、高楼林立、光彩华美的沪上市容一闪而过，画面却停留在姨妈那无奈落寞的眼神上。就像《蜗居》中的弄堂，一闭眼就能浮现的样子，是王安忆笔下的小巷，是张爱玲吃过的口酥与穿过的旗袍，是《相思树》里描绘的梦想与爱，是吴侬软语的摇曳婀娜。

每当漫步在夜晚的外白渡桥，看着黄浦江上华灯初上的夜色，城市的光影在心中摇曳为一个曼妙的少女；每当穿行在热闹的南京西路，道路两边的彩灯犹如点点星光，把自身映照地梦幻多情；每当伫立在陆家嘴的天桥上，看着金茂大厦和东方明珠交相辉映，天桥底下川流不息的车辆，连同空气中都是梦想的味道。每天都是新鲜多姿的，只要努力，就会创造无数的可能性和改变自己的机会。每个看似异于常人的想法和生活选择都可以在这座城市找到自己的小圈子，找到认同和归宿。每种文化都可以在这座城市得到相容，每个个体都能得到尊重。规则感、仪式感、包容性、对商业和文化的双重尊重，这些，都使得上海充满着迷人的魅力。

在这个城市生活，还是有很多不错的独家记忆。行至很多城市，幻箴蓦然回首发现最钟爱的还是上海。作为一个吃货，她发觉这里汇集了全球的美食，无论大雅之食抑或小馆速餐，就连路边摊的黑暗料理都能让人流下口水。天南海北，江湖一串。每当夜色沉下来，奔波了一天的胃开始抗议，发出辘辘之声。常德牛肉粉、柳州螺蛳粉、香港米线、羊肉串、小龙虾、蛋炒饭、锅包肉、熘肥肠、炒粉，一天的疲惫在浓油赤酱中得到释放。当然，这样的夜生活并不养生。但养生的法则对年轻人而言无异于一种修行，偶尔为之可以，若当作一种生活方式恪守却显得极难。各种来城市打工的厨师，将自己的家乡味汇聚到上海，撩起了一大帮人的乡愁，也引来外地食客的向往。大口吞着，大块嚼着，将未竟的理想一并咽下，许是借着辣椒的呛味偷偷心酸一把，或是借着大口吃肉大碗喝酒的畅快壮胆吹吹牛皮，或是在一口惊艳的家乡菜中陷入长久的回忆。总之，人生况味，各在其中。

手捧一碗饭，心就安了不少。这是中国传统老百姓的观念。只不过在上海这样的大城市，这碗饭捧地艰难些罢了。然而，生活愈不易，愈要在其中发掘乐趣。

正是因为幸福很难，所以才会格外珍惜。毕竟，生活太苦，一点点甜就够了。

所以，幻箴选择等待，赌上自己长长的一生，且看时代变换，斗转星移，继续续写自己和上海的缘分。愿这些和自己一样“没有伞的孩子”，都能在大都市打拼出自己的一片天，学会自我保护，遇到一群珍惜自己的朋友，无悔地过完自己有意义的一生，对得起年少时的选择。

勿忘初心，继续前行。

冬去秋来，因狱中表现良好，林弯弯获得极大的减刑。今天是10个月的刑期提前刑满释放的日子，幻箴早上7点不到就等在提篮桥监狱大门口。

出狱后的林弯弯站在幻箴面前的时候，已经是另一副样子了。利落的齐耳碎发、朴素发白的衣服，清瘦、坚毅但多了些许闪躲。眼中的光芒不在了。

幻箴小心翼翼地蹲下，点燃打火机，“来，弯弯，跳一下，去去晦气。”

弯弯腼腆地别过头，“不跳了，记住比逃避对自己更好。”

两人径直去吃饭，谈到未来，弯弯说自己早有打算。“刘哥被抓了，还有些老客户的钱，我和他一起还。”

为了还债，弯弯一天要做三份工。因为蹲过监狱，找不到什么长期正经工作，只能打些零工，通过给人美甲、做餐厅服务员、送快递挣些钱。很快，皮肤白皙的弯弯很快就晒成了一个“黑美人”。家里人心疼弯弯，把老家别墅卖了，急着帮弯弯凑钱还债。弯弯不忍父母一把年纪还替自己还债，便拒绝了父母的好意，只身拦下了。从弯弯法院宣判的那一晚，弯弯妈妈就哭瞎了眼睛。爸爸的生意也从此一蹶不振，家道中落。好在林弯弯争气，立志凭借起早贪黑的重体力劳动和嘴甜心细还清所有的债务。

看着从零开始的弯弯，幻箴突然觉得没有什么坎儿迈不过去。

第三十七章 下班后的出租房飘着饭香

“有人说，若你有轻生念头的话，那就去逛菜场吧，因为那里有最市井的生活和最平实的百姓，你可以找到最踏实的自我。”看到这段话的时候，幻箴立即就起身去菜市场。

在混杂着鸡屎味、菜叶味，堆积着牛、羊、鸡、猪各种肉类的菜市场摊贩前，幻箴和前来买菜的上海老阿姨亲切地交谈着。

“这是茭白，可以炒榨菜和毛豆吃，味道老好，那个芦笋不错，选短的这个，鲜嫩，这个是鲜百合，和绿豆烧十分钟关火焖一个小时糯糯的适合女孩子吃。”幻箴一一记下，临走老板娘还送了她两颗葱。

走出菜市场，幻箴一下子觉得世界无比美好。

听从陈医生的建议，幻箴开始从烹饪中寻找热气腾腾的生活，重拾生活的乐趣和希望。

漫长难挨的冬天过后，春天终于来了。春日暖阳，春食多样，春光无限好。在这无限春光中，食物可以给人以最大的慰藉。

幻箴喜欢将食物盛进白色盘中，就像生命最初的底色，干净纯粹。她发现吃一顿好吃的饭，不仅可以饱腹，还能让人产生深深的满足感。

“你知道嘛，哪怕是粗茶淡饭，也能吃得有滋有味，心生满足。那一刻，你关注的只是自己的味蕾，而非世事沧桑。”幻箴眉飞色舞地说道。第三次就医，陈医生明显地感觉到幻箴的变化。“陈医生，上次你说的答案我已经找到了。餐厅、车站里，那些开怀大笑的陌生人、那些一起跳舞的成年人、那些背着重重的琴盒奔跑的男孩、那些穿露脐装抿嘴笑的少女。这，大概就是热气腾腾地活着吧！”。

“对，满足，如果你觉得满足，就能感到幸福。而我们，都能试着去拥有这最简单的幸福瞬间。恭喜你，幻箴。”陈医生欣喜地说。

“我现在能理解一开始为什么您不引导我开口说，因为对于一个抑郁症患者来说，开口讲话太艰难了。只有在某一个瞬间心门被打开，才能走出自己的小世界。”

“哈哈，我们也算是不打不相识。对了，如果你不介意的话，我想把你的案例记录下来，整理成一篇论文，给其他病友用作参考。”

“当然可以，就叫‘烹饪疗法’吧！”

“那孟小姐，作为创始人，请谈一下您对‘烹饪疗法’的认识。”

“哈哈，我只对烹饪略知一二。春食的美妙在于绿色。说到春食，最先想到的便是香椿鱼。香椿是小时的记忆，有一种特殊的香气，春天的味道扑面而来。香椿鱼，因鱼形而得名，香椿叶裹上面糊鸡蛋，放入油锅炸成金黄色，让人联想起太阳花。太阳花颜色灿黄亮丽，不禁想起儿时一首歌——《种太阳》，种下希望播撒爱。炒春笋，在油的包围中笋显得愈加鲜亮，露着尖尖的头，怯生生的。菠菜粉丝，因为加入了蚝油的缘故，吃起来哧溜哧溜的，是有声音的饭食。冬瓜虾仁汤，虾仁和冬瓜恋爱，产生了奇妙的味感，清新淡雅却也滋味浓。火锅是适合四季吃的食物，食物放入锅中咕嘟咕嘟的那一刻，日子就这样活色生香起来。约三五好友，或和恋人、闺蜜对坐，总能唤起味蕾视觉的双重感观。春天亦适合火锅，选用清淡的养生锅底，比如猪肚鸡锅底，熬煮的高汤，羊脂玉一般，浓稠绵密，让人心生爱意，品一口不禁惊叹‘好好喝哦’！很难想象我之前因为情绪问题差点得了厌食症。”幻箴玩笑似的说道。

“食物的确能够带给人很大的慰藉。《深夜食堂》里那些凌晨光顾小吃店的人，大多是打拼的年轻人，他们靠食物在寒冷的深夜获得慰藉。那一个亮着灯的小店，成为一个驿站，让疲惫的灵魂暂时栖居。我们都是俗事生活中的普通人，只不过想过上舒心的生活。在食物里找寻安全感，成为都市人的一种黑夜期许。”陈医生对幻箴的话表示认同。

“还有，烹饪时我喜欢在油里加一点花椒，香气四溢，这也成为我的小妙招，烹饪因此成了一件有意思的事情。生活需要那么一点点不一样。慢慢感受，便不再抱怨生活辛苦，只觉知足。烹饪有时如歌唱一般，歌声高高低低可以穿越山川、河流、树木、肉身和世间的苦恼，净化涤荡人的心灵，烧饭也可以。那些有香味的食材，就像美妙的音符，跳动在鼻翼、空气中、味蕾间。味蕾打开的那一刻，犹如中气十足的高音，让人醍醐灌顶，美好心情倾泻而下。”幻箴说着说着还比画了起来。

现在的幻箴，珍视生活给予自己的一切，欢乐痛苦希冀，都视若珍宝，用心体会。岁月在脸上和眼角留下的印记，在心底留下的痕迹，慢慢体会成熟，欣喜于自己的改变和成长。在一个阴雨天，躲进一家书店，在书架选一本书，耐下心来避雨，将喧嚣关在心外，用醉心的方式去生活。不管是读书亦或旅行，愿你在嘈杂里找寻到一种安静的力量，唤起初心的记忆，带着轻快的步伐再出发。

“生活不能没有美食，就像生活不能没有音乐、诗歌、色彩，和美好心情。哪怕我这种不会烹饪的人，周末买些简单的小菜，煮一碗汤面，汤上撒点葱花香油，碗底埋一个荷包蛋，都能饱含着无限深情。”陈医生虽不会做饭，显然也是一个吃货。

“春天，让整个人都柔和了下来、慢下来了。慢下来，是为了更好地前行。在平淡中拥抱最简单的生活，一个人的时候把生活过得有滋味，两个人的时候把日子过的有诗意。别让年纪限制自己，去拓展人生的无限种可能，不管高处还是低谷，都能自信地微笑，活得披荆斩棘，活得盛放恣意。这大概就是我在烹饪中得到的最大感触吧！”

不知道是幻箴极具文学性的描述吸引到了陈医生，还是幻箴今天穿了一件淡蓝色的外套格外优雅，总之，陈医生开始感觉喜欢上了这个既能做得一手好菜又能出口成章的姑娘。

第三十八章 情诗一百首

借着写论文留素材的借口，陈医生很快就对幻箴发起了猛烈的追求攻势。心理学专业的陈医生，对文学也极感兴趣，和同样文青的幻箴总有说不完的话题。

经过进一步了解，幻箴才得知，陈医生来自一个经商家庭，从小富裕的童年生活使得陈医生对物质与金钱没有任何概念。外表冷酷无情的他，内心却单纯得像个孩子。陈医生用自己独特的方式宣告着他对幻箴的爱。他将每一首情诗手写在信纸上，装在信封里，然后每次见面时交给幻箴一封。

在第一封表白信中，陈医生写道：

我想 / 爱是一件顶俗气的事 / 我想低到尘埃里 / 我想踏上你心坎 / 我想睡在你长长的睫毛上 / 我想拾起你睫毛上垂挂的泪珠 / 我想趴在你胸口听砰砰砰 / 我想细数你皮肤的每一个毛孔 / 我想放弃世间戾气 / 在你面前做个孩子 / 我想鼓起所有勇气 / 护你周全做个

大人 / 我想我想你时 / 你恰巧也在想我 / 我想恨你 / 可比起爱 / 恨又算得了什么 / 它远没有爱那么俗气 / 它只存在于情绪的回路堵点 / 而爱 / 充盈在每一个晨昏。

幻箴拿着这辈子收到的第一封情诗，面红心跳。一时间，她不知道是否应该接受陈医生的爱，不确定陈医生只是出于一时兴起还是恶作剧，她甚至不确定是否已病好。但她迟疑的表情丝毫没有影响陈医生的兴致。

“没关系，幻箴，我愿意等你，等我写到第 100 首情诗，你再给我答案吧！”

看着炽热勇敢的陈医生，幻箴看到了当年的自己。她很感激陈医生愿意走进极其脆弱不堪的自己，她疲惫的心也急需一个肩膀。看着陈医生孩子一样跳起来和自己挥手再见，幻箴沉寂许久的心突然抻了一下。

不巧，刚表白的陈医生就被医院安排去陪院长出差培训。不过,陈医生是个精力旺盛的人。哪怕是异地，他也不放弃给幻箴写情诗。

在重庆时，他写道：

洪崖洞很高 / 在雾中看不到顶 / 索道很长 / 在雾中看不到头 / 我来到桥上 / 洪崖便缩在脚下 / 你在对岸 / 索道便短去 / 长江变得窄小 / 雾啊雾 / 你未曾散去 / 你一直在恋人心头。

在新疆，他写道：

禾木的星空 / 禾木的天空很富有 / 因为它拥有很多比钻石还闪耀的星星 / 我很穷 / 但我拥有了比星星还闪耀的你 / 此刻，我把星空记在了脑中 / 未来，我把你刻上了心间。

就连坐飞机也不放过写诗的时间：

你像云朵 / 我一头钻进云海 / 穿梭在平流层和对流层之间 / 就像傲行在棉花糖里 / 你开心时 / 就像平流层的云彩 / 铺天盖地 / 你难过时 / 就像对流层的云彩 / 拧在一起 / 可所有的你 / 最终都会回归大地 / 可所有的我 / 最终都会与你相依。

深夜沉思时，他写道：

我在这迷人的月色里 / 狂了一场 / 疯了一场 / 梦了一场 / 我在这纯白的香气中 / 酣了一场 / 痴了一场 / 醉了一场 / 我在这无垠的思绪中 / 哭了一场 / 笑了一场 / 痛了一场 / 我在这短促的人生里 / 爱了一场 / 恨了一场 / 活了一场。

三个礼拜的出差期终于熬过了，陈医生迫不及待将情诗交给幻箴。餐厅昏黄的灯光下，他发现幻箴瘦了不少。幻箴腼腆地边默读着诗歌，边拨弄着自己的双麻花辫。

“陈医生，很感谢你。你是我在这个城市为数不多的朋友之一。”幻箴觉得不好意思起来。

“我不要你说谢谢，只要你爱我。”陈医生开门见山。

可不知道为什么，自从陈医生表白后，幻箴总是觉得怪怪的，他在她眼里已经不是一个心理医生的角色，因此很多话也不方便说出口了。

这是一家非常高级的餐厅，服务员上菜时问幻箴沙拉要不要加胡椒，幻箴说要，服务员就开始往幻箴盘子里加胡椒。

事实上，幻箴并不知道高级餐厅是要客人喊停服务员才停止加作料。

陈医生慢慢好像有点意识到怎么回事，但他没说话打算再看看情况。终于陈医生忍不住了，他礼貌地对服务员说了一句“谢谢。”服务员离开后，幻箴才意识到胡椒加多了。

就这样一个小小的细节，幻箴知道她和陈医生的差距，是二十几年生活经历的差距。陈医生比幻箴还要小四岁，幻箴甚至一度觉得他像自己的表弟。

一日，幻箴周末在家，感觉黑狗又找到了自己。

她给陈医生打了一个电话。“你来，陪着我，让我什么也别做。”

陈医生赶来幻箴家，陪她静坐，给她煮面。

幻箴吃着碗里的荷包蛋，泪如雨下。

有那么一瞬间，她好想靠在陈医生胸口，就那么一会，听听他的心跳。她感觉自己好累，好想倒下，然后一睡不醒。

他那么好，好到找不出一丝缺点。多金、有才，懂自己，还能照顾自己的病。简直是完美的另一半。

陈医生慌了神，他最见不得女孩子哭。

“怎么了，是不是我做的面太难吃了？”他尴尬地不知所措。

“没有，好吃，再加点胡椒就更好吃了。”

“好的，女王大人，您等着我稍后就来为您服务。”说着便去厨房找黑胡椒。

幻箴平时从不做西餐，家里自然没有黑胡椒这种东西。她只是开个玩笑，没想到陈医生当真了，翻箱倒柜地找。

“好啦，跟你开玩笑的。你也去盛碗面吃吧！”

晚上，陈医生不放心幻箴一个人，便要求留宿，主动请缨睡沙发。幻箴迟疑了下，陈医生便识趣地说，“好吧好吧，我回去，如果睡不着一定要给我打电话，随时为您等候。”说着摇了摇手里的手机。

送走了陈医生，幻箴披了件外套，倚在窗边想着陈医生的话。她知道自己不能沉浸在这种理想的梦境里。她的现实，她的心，必须要认清。于是，幻箴也通过写信的方式，告诉陈医生自己的心意。

过了很久，幻箴并没有收到陈医生的任何讯息。“会不会是地址写错了，或者他搬家了”，幻箴忐忑不安。三个礼拜后，幻箴收到了陈医生的回信。

信上写道：

“幻箴，好久不见。这几周像是过了漫长的一生这么煎熬。最后，我决定尊重你的决定。还是想最后再送你一首诗，本来想作为第 100 首情诗送给你的，可是现在上天不给我这个机会了。

太阳亲到了屁股上 / 屁股害羞了 / 红扑扑的 / 树叶扑到大地怀中 / 大地笑了 / 黄滢滢的 / 雨水捶打池塘胸口 / 池塘忍着 / 碧澄澄的 / 燕子和天空吵架了 / 天空哭了 / 蓝汪汪的 / 四季嫁给了自然 / 做了新娘 / 扯着彩线为自己做嫁衣 / 美滋滋的。

幻箴，你穿婚纱的样子肯定很美。此刻，我不想祝你幸福，我只想祝你开心。

有任何问题，依然可以随时找到我。

永远恭候你的陈医生”

第三十九章 说走就走

陈医生的爱，克制而隐忍。情书王子的爱暂时告一段落，幻箴决定出去透透气，暂时逃离上海，看看不一样的世界。请好了假，订好了机票，她选择的目的地是世界上最北的首都——赫尔辛基。

十三个小时的飞行结束，初下飞机，搭乘城市快运。黑夜中，远远望到一片彩色的光亮，蓝黄条纹间隔的伞状大房顶，白色球状灯将马戏团周边的围栏装点成温馨的颜色。几个孩童欢愉地跳跃在小马驹周围，空气中充斥着动物粪便的味儿。一轮大如碗口低悬夜空的月亮，映射在温柔阔达的草坪上，两根孤独的秋千在凛冽清新的风中飘荡。

这，便是赫尔辛基的中央火车站，也是赫尔辛基独有的夜色。

幻箴觉得很饿，在火车站买了一种由各种烧烤肉类混合而成的夜宵，伴着可乐的气泡声，大气而豪爽的饱食过后，来到宾馆的桑拿房里享受蒸腾而起的舒适和松弛。通透，舒坦，和室外凛冽清冷的空气形成足够强烈的对比，每一个毛孔舒张开的肆意让你暂时忘却人生疾苦。

第二天，幻箴步行一刻钟来到飘散着咖啡香和羊角包香气的鲱鱼早市，肥硕悠闲的白色大海鸥在港口石柱上等待觅食，各种生冷鱼肉一排排整齐地排列在港口的摊位上。摊贩老板熟练地切割着白嫩红润的鱼肉，顾客口中哈出的白气。

清晨六时许，便有船只出海。有新而大的，亦有小而旧的，一艘艘船驶出港口。不消一刻钟的功夫，便能驶到芬兰堡。幻箴在芬兰堡海上要塞，黄色的落叶席卷一地，犹如行走在油画中一般。岛上没有扫落叶的清洁工人，所以尽可以将一个繁盛至极的秋天一览无余。

节奏缓慢的芬兰人，过着与世隔绝般的生活，锻造出独特的与大自然和谐共处的养生之道。午时，幻箴来到一家传统芬兰风味的餐厅，餐厅里飘出阵阵香气，煎鲱鱼片、煎驯鹿肉都能成为果腹的朵颐。餐厅内，三五个中年人前来喝杯啤酒、看看球赛，没有吵闹的惊呼和大笑，只有朋友间默契的对视和轻声的交谈。

这里的人不聊金钱，不聊地位，也不聊名校，因而幻箴自觉自己内心丑陋，且被北欧浓厚而自由的艺

清晨六时许，便有船只出海。一艘艘船驶出港口。不消一刻钟的功夫，便能驶到芬兰堡。节奏缓慢的芬兰人，过着与世隔绝般的生活，锻造出独特的与大自然和谐共处的养生之道。

术气氛折服。从芬兰人口中，听出的是满满的民族自豪感和对自己生活状态的满足自在。

简约、闲适、诚实、人口稀少、淡定从容、绅士风度，这些，成为赫尔辛基的代名词。

没有奢侈品店的宽阔大街，没有耸天雄伟的教堂，只有负离子满满的空气，有的却是一种前所未有的踏实感，一种由内而外滋养出的安静气质。

街头巷尾推婴儿车的妇人，跑步的年轻人，在早餐摊细嚼慢咽吃早餐的一家三口，公园长椅上认真读书的男孩，和那并不刺眼的朝阳。

就这样放下名利再出发。

幻箴突然明白，保持微笑并不能使自己开心，只会使别人以为自己开心。真正的开心是内心开心。哪怕脸上没有微笑，心里也在偷着乐。

再次启程前，幻箴将过往的记忆统统存储起来，装进心里的一间间小格子。不动声色地踏上了回程路。

她决定，用一种置身事外的态度去继续接下来的生活。用“Being”去感悟生活，而不是用“Doing”去过活。

好的日子，坏的日子。

第四十章 再相逢

今年是毕业十周年。已是三十而立的年纪，幻箴一袭白色套裙站在电视台 19 层的落地窗前，对着窗外林立的高楼和立交桥凝神，回想着十年前在这栋楼里楼外发生的一幕幕。仿佛就在昨天，还和耗子一路你追我赶气喘吁吁地跑来实习，还因为打印错了页码而不知所措，还因为茶水间的谈话而悲痛惊厥。

“孟总监，我是人力资源部的 Fiona，我来带您认识一下新同事。”幻箴飘出去的思绪被拉回。摁下一层层电梯，穿过一间间回廊，直到走进播控间，一摞小山似的书背后，是一个头发乱蓬蓬、浑身烟味的中年男子的背影。还没等 Fiona 介绍，幻箴率先伸出右手。

“你好，林峯。”

中年男子背影抖了一下，转身回头的一刹那，幻箴正对着林峯礼貌性地微笑着。林峯来不及打量幻箴，只觉得幻箴的目光太过笃定、冰冷、没有任何温情。

林峯好像不认识眼前的幻箴了。

“哎呀，您二位认识呀，那就不用我多说了。林老师，您竟然认得孟总监，可以呀！”Fiona 眉飞色舞地用胳膊边说边敲打着林峯。

出来播控室，Fiona 八卦地打探道：“您和林老师很熟吗？”

“不，我们只是工作中接触过。”幻箴面无表情地回应。

“哦，我说呢，老林可是台里出了名的闷葫芦。很多年前就主动请缨来了播控这个养老的部门，虽说是播控部主任，可也是个闲职呀！这么多年一直不声不响，估计是媒体不好干，跟不上时代发展，破罐破摔、自暴自弃了吧！”Fiona 在幻箴耳边窃窃私语。

幻箴心里很清楚，以林峯的能力、胆识与人脉，在媒体可以做出一些成就的。可是他却选择了这样一种人生，也是造化弄人。其实在接到电视台聘书的时候，幻箴已经开始想象见面后会发生的一切可能。

曾经的幻箴，把种子埋在仇恨的土壤，因为埋在这里比埋在感激里发芽地更快一点。然而，今早她遇到了一片盈黄的银杏叶。遇到它的时候，它正躺在一片奶黄色的地砖上。刹那间，心里的一颗刺拔出来了。时间的治愈能力太强大了，重逢没有狗血的情感汹涌，年长之后的幻箴已经有足够强大的内心应对这一切。

幻箴清楚地知道，自己的青春该收尾了。

而立之年的幻箴，事业正处在上升期。应聘岗位面试的时候，幻箴被 HR 问到了关于未来婚姻、生育的规划问题。幻箴很笃定地讲，自己近几年没有结婚生子的规划，只想尽好好做事业。其实，幻箴心里很清楚，职场对于女性的要求极为苛刻。虽然没有拿到台面上讲破，但同等条件下，每家公司都会优先选择男性。一来男性没有生育职能，无需请产假和哺乳假，所以有更多时间可以为公司盈利；二来男性时间相对自由，平时陪酒、加班比较方便，得到家人的理解更大。反之，女性的自由度就小很多。因此，这种略带性别歧视性的提问，幻箴也只能心知肚明礼貌性给出一个令对方满意的答案。

只是，开会的时候，林峯还用着几年前的笔记本，扉页上面还有幻箴写给林峯的情话和随意涂抹的小画。有时瞥见了，幻箴也会偶然触动一下心绪，只是很快就被头脑风暴的激烈节奏冲散了。

第四十一章 一瓶盖的百草枯

幻箴的表哥出事了，家人连夜将吞服毒药的他送到了上海。

接到妈妈的电话，幻箴第一时间赶到医院。姑父姑母正围坐在病床边。病床上，是脸色惨白、毫无血色的表哥。

表哥呻吟着，脸上显露着痛苦的神色。他的未婚妻坐在旁边，娇弱地小声啜泣着。她告诉幻箴，表哥喝了一种农药，叫“百草枯”。

病房的环境很沉闷，只有姑妈的手机铃声响个不停。响了三次后，姑妈接通了电话，起身出了病房门。病房门外传出姑妈大嗓门式的讲电话声。

“我不是告诉过你吗，让你盯着点，这才十几分钟就亏损上百万。回去收拾你！”

房间里的姑父一声不吭，病房里的气氛愈加尴尬。

姑妈接好电话，下一个铃声又响了起来。姑妈心烦地摁掉了通话显示，和查房的医生打了个照面。

“家属代表跟我来一下。”姑妈姑父跟着医生出去了。表嫂跟幻箴使了个眼色，“你去吧，这里我看着。”幻箴也立即跟了上去。

医生办公室，气氛更加沉寂，幻箴大气都不敢出一个。

“你们要有个心理准备，检查结果出来了。百草枯这种药，喝一整瓶会立即致人死亡，喝一瓶盖的成年人有一个礼拜的存活期。但这种毒无法治疗，间隔时间太长，洗胃也无力回天。”医生冷静的陈述。

“什么意思，就是说我儿子只能活一个礼拜啦？不就喝了点农药嘛，现代的医学手段还治不好了？我不管什么一瓶子一瓶盖，多少钱我都付得起，尽管治！”姑妈又大嗓门式地喊了起来。

“这种情况呢，对患者来说肯定很痛苦，从肾开始，器官会一点点衰竭，直到毒素渗入所有器官死亡。伴随着疼痛和恐惧。作为家属，你们要尽量配合病人做好临终关怀。不过我要提醒你们，你们提供的病例本显示，患者患有重度抑郁症。”医生显然没理会姑妈的话，坚持把话说完。“好了，我要去查房了，有什么问题可以呼叫护士帮忙。”

医生走后，大家又陷入了沉默。姑妈蹲在垃圾桶边，似是要呕出来了，姑父叹着气。幻箴也吓傻了，怔怔地不敢相信。

三人整理了一下情绪，回到病房。表哥发出一点点微弱的呼吸声，似乎睡着了。姑妈扭过了头，眼眶泛红了。

幻箴劝姑妈姑父今晚在医院旁边休息一下，她和表嫂来守夜。

“幻箴，医生怎么说？”表嫂小声问道。

“没什么，就说医院会尽力治疗。”幻箴实在不想告诉表嫂真相，听说表嫂昨天已经哭得虚脱了。

“你说你哥怎么那么傻，放着好好的日子不过，非要受这罪，真是可怜。”嫂子还在叹息。

“我哥这几年过得好嘛？”因为姑妈做生意的缘故，表哥初一时全家迁移到浙江，从此很少见面。

“你哥毕业后就被他妈安排进了自己家的厂子里，还给他买了套别墅和车。我是去年刚认识你哥的，今年年初订的婚。我们两家定的娃娃亲，我自小跟父母去了广东没回来过，今年回家来结婚的。你姑妈对他这么好，哎。”

“我姑妈开的不是皮带厂嘛，我哥学的是化学，他不是一直想做化学老师嘛！”

“是吗，我不知道。我只知道他很孝顺，什么都听他妈妈的。”

“表哥小时候还挺有才的，还经常弹吉他。好像还在学校组过一个乐队，在全市音乐比赛上拿过一等奖的。”

表嫂的眼神愣愣的，仿佛幻箴口中的表哥和她认识的不是同一个人。

第四十二章 表哥走了

翌日早，幻箴匆忙去公司上班了。出门的时候，表哥还没醒来。她多希望这只是一场噩梦。小时候那个单纯活泼的表哥再也回不来了。

下班后，幻箴立马赶到医院，却发现病房里只有姑父一个人。

“我表嫂回去休息啦？”幻箴疑问道。

“今天下午她和家里人一起回去了。他们家也就这一个姑娘，咱不能耽误人家，我把她交还给她的父母了。”

“那姑妈呢？”

“她说要去追查哪家药店卖给你哥的百草枯，查出来去打官司。”姑父摇着头。

“您先去吃饭吧，我来替您一下。”幻箴脱下外套准备今晚再陪表哥一夜。

“小箴，辛苦你了，等他醒了你打我电话。”50出头的姑父头发又白了一片。

“放心吧！”

姑父走没多久，表哥就醒了。幻箴刚要给姑父打电话，表哥开口第一句话问道，“我妈呢？”

“我刚没看见姑妈，姑父去吃饭了。你感觉怎么样？”

“小箴，我快走了。”

“哥，你说什么呢？”

“行了，我当然知道。百草枯是我自己调制的，剂量也是我量好的。目的就是为了让我妈多看我一眼，结果她还是没来。”

“哥，你何至于这样！姑妈就是忙了点嘛，她还是很爱你的。”

“爱我？小箴，你是从小被宠到大的，我是从小被打到大的。我妈打我打坏了多少鸡毛掸子你知道吗？我真恨我妈，那么往死里打我。后来，爸妈生意忙了，我一年也见不到他俩一面。生意稍有不如意就打我拿我撒气。从上学到就业到结婚，我哪件事情是自己能做主的，全是被我妈一手操控的。她让我往东，我连往西的想法都不能有！我就像她养的一条狗！我恨她！”说到激动处，表哥咳嗽起来，腹部绞痛又开始了，额头上沁出点点汗珠。

幻箴一把扶住表哥，轻拍表哥的背。“好了好了，你先躺好休息下，我去把姑父找来。”

幻箴把姑父叫了回来，并打了姑妈的电话。姑妈的电话真是难打，拨了好几次才接通。姑妈说她手上还有很多事要处理，明早才能赶回上海。

幻箴很是气愤。原来姑妈是以找卖毒药的店家为由回去处理公事去了。

“姑姑，表哥要死了你知不知道，你还在意你那些生意和钱！挣那么多钱有什么用，表哥连命都没了！”

“小箴，手底下的工人一家老小都指望这点工资，我公司垮了，他们的命也没了！”

幻箴觉得这样的姑妈很陌生，和小时候印象中那个抱着粉嘟嘟表哥的温柔娴静的姑妈完全是两个人。现在的姑妈像是一个恶魔，亲手将自己的孩子杀死了。

不过，表哥住院第四天，姑妈还是回来了。

表哥提出想去游乐场，姑妈拒绝了他，让他好好休息，她会想办法治好表哥。表哥说自己快死了，姑妈心软了，和医院协商将他带到刚刚建成的迪士尼乐园。

幻箴将自己的拍立得给了姑父。晚上回到医院后，表哥开心地给幻箴看照片。照片上的表哥虽然坐在轮椅上，极其虚弱，却开心地像个孩子。

因为这次出游，表哥器官衰竭的速度比预计的还要快。当晚，一场急救过后，表哥离开了人世。

爷爷赶来，一家人商量如何办理后事。姑妈的电话还是响个不停。姑父和爷爷商量着把表哥的尸骸运回青野。

最终的最终，姑妈还是没有留下一滴泪。但至少，她给了表哥最后一点温暖的回忆。

第四十三章 祖辈的疼痛

幻箴想，自己和表哥的抑郁来自祖辈的疼痛。幻箴想起了奶奶，这个60岁时得癌症去世的女子。她的名字叫花，是个地地道道的农村妇女。十七年前，她的生命终结在一个男人的一声叹息后、另一个男人呆滞的目光中，和一群女人的哭声里。

多年以后幻箴才得知，早在癌症之前，奶奶就患上了严重的抑郁症。精神垮塌早于身体崩溃。

幼时的幻箴对死亡毫无概念，也浑然不知恐惧。只记得自己被寄养在亲戚家一个礼拜后，妈妈跟自己讲，“你奶奶过世了，去另外一个世界了，你再也见不到她了。”

临终前，幻箴去过奶奶的床边。药物的味道，混杂着空气中飘浮着的烟草味，被炭火热腾起来的屋子，刺眼的灯光，瘦骨嶙峋的病躯，喑哑的嗓音，被吓得蜷缩着躲在大人身后的自己。那一晚的月亮很大很圆很亮。奶奶什么都没叮嘱幻箴，可能因为自己是女孩的缘故。不被寄予厚望，是小城市女孩的命数，也是她的遗憾与疼痛。

奶奶生于 20 世纪 30 年代，多灾多难的年代。就像她的命运，充满了艰辛、不幸与苦难。那个年代的农村妇女，命运只能交给上天。出生，是决定命运的第一道坎，婚姻，是改变命运的第二道关。大字不识几个的奶奶，出身不好，失去双亲，自幼被哥嫂带大。十六岁那年许配给了邻村要饭讨生的一户人家的儿子——幻箴的爷爷。爷爷当年清瘦无比，做不来农活，反而是奶奶生的壮实高大，小小年纪就已经能在田里独当一面。婆家和哥嫂约定好了,一年后正式过门，到时候八抬大轿把奶奶娶回家。奶奶对未来充满了憧憬，做起农活来更加卖力。一年过去了，爷爷迟迟不来娶亲，村里闲言碎语不断，奶奶按捺不住，派人去打听。原来，爷爷已经成了城里的大学生。

奶奶本来该高兴地，却哭了整整一夜。她想不通，“好端端的，为什么要去上大学？为什么要去城里？为什么说好的娶亲不算数了？不行，不能就这么算了。要是算了，以后村里就再没人敢给自己介绍对象了，自己注定是个被抛弃的女人。”还未步入婚姻的殿堂，就要强行被守寡余生，面对更加逼仄窘迫的未来，奶奶当然不干。

第二天，奶奶把自己的细软收拾妥当，只身去了婆婆家，扑通给婆婆跪下了，当晚强行留宿。就这样，在那个闭塞落后的乡村，村民们就默许了奶奶和爷爷的婚姻事实。就这样，奶奶的命运被改变了。

大一放假回家，爷爷看到奶奶时，皱着眉头躲了出去。就这样，一个农村妇女和一个大学生，开启了长达四年的分居生活。大学毕业后，爷爷被分配到了工作，有了城里户口。也是在这一年，奶奶怀了第一个孩子，幻箴的姑妈。爷爷那时刚工作没有什么家补。奶奶一个人，挺着大肚子，供养着婆婆。她只盼望着，有朝一日孩子生出来，就能和她的男人团聚了。孩子出生在一个萧瑟的冬季，因为胎位不正，接生婆用了一个晚上才把孩子接生出来。母女平安的消息传来，爷爷并没有一丝身为人父的喜悦。单位得知消息后，准了三天探亲假，他却迟迟不走。数日后，奶奶再一次背着刚满月的女儿，辗转来到爷爷的单身宿舍，不由分说就住了下来。而爷爷，在屋外吸了整整一夜的烟。

数月过后，爷爷被调回了当地工作。坐了四个小时的拖拉机，奶奶抱着裹着小被子的女儿，同爷爷一道，去新单位报道了。尽管疲惫，奶奶却一路笑着，因为在她看来，这是一件光宗耀祖的事。比预期般的还要好：自己的丈夫，一个要饭人家的儿子，被单位委以重任。“当官了”，是奶奶每天笑着念叨的事。

爷爷每天早出晚归，工作很尽心。奶奶忙里忙外，女儿会走路了。第二年春天，幻箴的爸爸出生了。爷爷依然早出晚归，忙于工作、应酬。一儿一女，奶奶感觉人生圆满了。

爷爷随着两个孩子的到来，职位高升，依旧保持着文人的做派。高知分子，每天清晨一碗阳春面一杯清茶一份报纸一根烟。每晚沐浴后，在书房静写半个钟头的隶书，刻刻印章，边听音乐边卧床读书而睡。这一切，都像是默声电影般，悄无声息。而奶奶，已奶过两个孩子的全职妈妈、一个领导家属，拖着臃肿的身材，像一只公鸡，每天雄赳赳气昂昂地走在集市、菜场。为了缺斤少两的买卖掰断了菜贩的秤砣杆，为了鸡毛蒜皮的事和邻居拌嘴争吵。每晚然后带着鼾声睡去。春去秋来，无声无息。

再后来，幻箴出生了。初来人世的时候，还不会睁眼睛，从一条缝中，幻箴看到了一张满是悲伤的脸，泪吧嗒吧嗒地砸在自己细嫩的皮肤上，生生地疼。是奶奶的泪，她对着小被子里没有"把儿"的幻箴，抑制不住地在医院走廊里放声痛哭。爸爸接过幻箴，晃了晃，紧张极了。

幻箴的降生，对于奶奶是种悲哀，莫大的悲哀。她再也不能理直气壮地出现在邻居面前，再也不能讲老孟家的希望寄托在下一代身上，再也不能在死去后直面列祖列宗。尤其是计划生育的基本国策下，奶奶更是慌了神。

就在这样的家中，幻箴长成了一个粉嘟嘟的胖娃娃。在仅有的关于奶奶的回忆中，她和爷爷两人始终处于截然不同的生活状态里。尤其在饭桌上，奶奶喜欢张罗着一切，大声和儿女聊着邻居亲友的八卦，听上去像极了吵架。面对张牙舞爪的奶奶，爷爷却始终默不作声。每当这时，奶奶只顾自说自画，眼睛却瞥向爷爷。幼时的幻箴，觉得这是件新奇又好玩的事情。

再后来，爷爷愈加晚归。奶奶虽然是个没有文化的农村妇女，却敏感得很。每次爷爷回来哼着小曲时，奶奶总是莫名的心塞。她假装睡过去了，听着爷爷在浴室洗澡的水声，默默流泪。

终于，奶奶立了家规。“晚上回来不得晚于九点。”早饭的时候，奶奶把话撂下了，爷爷闷头吃饭，没有说话。

开始的一个礼拜，爷爷都按时回家吃饭睡觉。一周后的一天夜晚，扯完闲篇儿的奶奶提着马扎儿回家，时钟指针指到了八点四十。还差十分钟，奶奶去洗漱了。边擦脸边抬头看时钟，八点五十。奶奶有些不安，照例给爷爷煮了牛奶。坐在屋子里，奶奶盯着分针一点点划过。八点五十九分。奶奶有些不敢相信，以为是时钟出了问题。摁开了电视机，调到中央一套频道，和时钟的指针分秒不差。

奶奶慌了神，呆坐在沙发上，等着牛奶一点点变凉。

九点二十二分，敲门声响起。奶奶腾地而起，从猫眼里看到了打着哈欠的爷爷。奶奶扯着巨大的嗓门，骂骂咧咧地喊了起来。她以为爷爷会像往常一样求饶，哀求她不要大声免得邻居出来看笑话，在同事家属面前给他这个领导一点面子，可是才骂了三句话，爷爷就走了。

奶奶怔住了。她站在窗台往楼下瞅去，瘦削的爷爷，灯光下的身影摇摇晃晃，开了储藏室的门。就这样，储藏室的灯光开了一夜，奶奶在沙发呆坐了一夜。

奶奶没了主意。往常吆五喝六像个女王一样的花，不再扯着嗓门叫喊，也不再找小商小贩的麻烦，而是频繁地将幻箴接到家中。爷爷给幻箴辅导功课，奶奶去厨房做幻箴爱吃的，直到这时奶奶才觉得，自己做了一件和爷爷一样重要的事——抚养孙女。在这件事情上，奶奶的心是轻松自在的。

奶奶开始经常一个人自言自语，时常拿出死去的老奶奶的照片摩挲着，有时是对幻箴唠叨一些听不懂的陈年往事，或是经常一个人拿着手绢躲在屋里流泪。再过了数月，奶奶说自己吃不下东西，吃热的东西会嗓子痛。爷爷带奶奶去医院检查、拍片、回家。将子女召集起来，把拍的片子放在了茶几上，连着吸了三根烟。片子上，喉咙上方，有阴影。食道癌晚期。

那一年，爷爷终于不再晚归，每日陪守在奶奶身旁。买来了各种医学书籍，自己一个人在床边翻看，学会了给琴打针、煎药、做流食。医生最终宣告了奶奶的死期，三个礼拜后准备后事。

一日，奶奶的精神好了起来。坐在床边缝补起来。爷爷问她为何想起来做针线活，她笑着说“怕是孙女外孙以后不记得我了，给他们留个念想。”

爷爷转身去了洗手间，用毛巾捂住嘴无声痛哭。这是他第一次，为了奶奶哭。

奶奶咽气那天，手往天花板抓挠着，儿女都抢着去抓她的手，奶奶还是颤抖着。直到爷爷走近了她，将手伸了过去，奶奶才咽了气。她一生最想要抓住的，就是眼前这个生离死别的男人。这个改变了奶奶的穷苦命运、让她感受过光宗耀祖的荣耀、共同孕育过两个孩子的男人，也是除了哥嫂和子女外唯一的亲人。

幻箴时常感慨，如果当年爷爷没有考上大学，或许奶奶被命运安排嫁给了另一个农村小伙，尽管一生清贫，两人或许能夫耕妇种地过上舒心日子。或许奶奶不会像后来那么咄咄逼人，也许会时常和邻居家的弟妹编个花篮去集市售卖，晚上炊烟升起，和村民一起在天井吃饭，拉拉家常。可惜没有如果，那个时代的女性没有选择权，也就没有自我。爷爷，就是奶奶的命，她的喜也是她的悲。就像那颗无可奈何的心，闭上眼睛，依旧会隐隐地疼痛，而作为孙辈的幻箴，命脉相连，感同身受。

三十年代的男女被时代的洪流推着走，接受不得已而为之的命运安排，尽管这安排下的两人千差万别，尽管这三十余年的婚姻只有情份没有爱。作为被婚姻捆绑的两人，苦闷了三十年，都是受害者。

而幻箴觉得她和表哥的基因里，都延续了祖辈的不幸与疼痛。

第四十四章 番茄紫菜疙瘩汤

第二天一早，走出医院的那一刻，突然特别想吃一口妈妈亲手做的番茄紫菜疙瘩汤。想到什么程度?幻箴能忆起疙瘩汤从食材的切剁到咕嘟咕嘟下锅冒泡的每种味道，想到妈妈系着围裙忙碌却开心地为自己在厨房奔来走去的情形，想到这，不禁眼睛酸涩，泪流满面。

对，最怕突然想家。

大概是近来累了，有点乏，加上表哥去世的打击，这种脆弱无依的时刻会特别想家。想想这几年自己出门在外的经历，想想自己和爸妈的联系愈渐较少的现实。

刚毕业时的幻箴，对上海这座大都市有着一种近乎执念的迷恋，她喜欢上海，是因为上海这座城市开拓了自己的眼界，见证了自己的蜕变。幻箴喜欢每天睁开眼睛都是新鲜充满挑战的，喜欢每一次努力都能创造改变自己的机会，喜欢形形色色活的灿烂靓丽的陌生人，喜欢身处其中跟着一起亢奋的自己。于是幻箴拼命工作、获得领导认可，忍下了生计奔波的辛苦，忍下了挤地铁上下班的不易，而她如今唯一不能忍下的，竟是这一碗番茄紫菜疙瘩汤。

折腾一番过后才知道，生活并不简单。不是只要把工作做好钱赚到够吃够喝够养活自己过年给亲人买礼物这么简单，生活还有很多情绪化的东西、非逻辑的东西，有很多中国式独有的关系问题、面子问题等等。这些，都是学校教育给予不了，必须自己去社会上磨炼后才能懂得。多少个深夜痛哭的夜晚，多少次辗转反侧的皱眉，多少个不愿起床的早晨，每一次纠结不知道吃什么的午饭，每一顿做了却一个人吃不完的晚饭，每一种周末出行看到陌生人全家出游时候的难过瞬间，沮丧、孤独一遍遍一次次吞噬着自己，直到这时，“家”这个字眼由然涌上心头。

“再大的理想抱负，也不抵餐桌上的昏黄灯光。”

晚上，幻箴梦到自己在晾台挂晒衣物，楼下人家传来爸妈讲话的声音。而事实上，他们与自己相距远在 800 公里外的世界。然而耳中清晰传来爸妈的拌嘴声和拖鞋摩擦地板的声音。幻箴起身向下看去，楼下并无爸妈的身影，猛然意识到自己身处梦中，痴痴地站着，只记得在梦中的阳台上站了许久许久，就听着妈妈的唠叨、爸爸的调侃，然后，醒来的幻箴，一脸泪珠。

如何抵抗生活的疲苦？这个疑问始终在心中存在。“总有一代人要背井离乡”，也只有外出的人才会快速长大。长大了的人不再无所畏惧，反而愈加脆弱，求得也只是一个心安。“灯火可亲、家人闲坐”已经成为如今的幻箴最渴求的生活图景，成为幻箴此刻最大的心安。

在生活的玄幻和意外中，家人总能给予自己最大的勇气，让自己重新像个战士一样，踏平坎坷，抵抗恶意。

此刻，幻箴无比想吃一碗妈妈做的番茄紫菜疙瘩汤。

第四十五章 老鹰打败了黑狗

现在的幻箴，已经习惯了一个人吃饭，一个人看病，一个人独处。她很享受一个人安然自在的日子。

但她也意识到自己这一年以来的变化。不再对自己期望是做一个优秀的人，而是做一个快乐的人；不再事事追求意义结果，决定开始体验每一段经历，或好或坏；不再苛求自己面面俱到力补短板，而是力求不失去自己的一技之长。表哥的死，让幻箴对生命有了很大的反思。于有的人而言，回忆会累积成一个王国，将自我锁闭。而通向未来的路，只能自己去寻找。一旦王国变成牢笼，牢笼生出恶兽，一切便会轰然倒塌。因此，幻箴开始致力于寻找未来之路的征程。索然辛苦，一切也朝着好的方向发展。

即便身体里的黑狗随时会被唤出，她也毫不畏惧。“就当是个感冒好了！”幻箴波澜不惊地想道。

然而，一到 30 岁就要面临被催婚的命运。

其实，身边有很多人年轻人都恐婚，甚至因怕受伤、怕被伤害等原因选择单身。《爱情保卫战》里的年轻情侣为了鸡毛蒜皮的小事争吵不休，《金牌调解》里的中年夫妇为了房产、子女、老人等问题大打出手，公众号里的耸人听闻的家暴、丧偶式婚姻、“不到生孩子不知道对方是人是狗种种”，让人对婚姻产生了抵触和厌倦。

幻箴也曾问起身边谈了很多年的情侣，“两人相处久了，为什么不结婚？”多是笑笑回答，“结婚，哪那么容易，买房落户的现实压力不说，自己都没打拼出一个样子，怎么去给对方幸福？”或是回答，“我还没想好，我怕他不是我对的人”。

十分抗拒相亲的她，被林弯弯硬拉去相亲。对方是个长自己几岁的男子，外号叫“老鹰”，看过照片，幻箴只觉得此生怎会嫁给这样一个相貌平平、平凡无奇的男子为妻。硬着头皮，在林弯弯的软磨硬泡下，幻箴还是去见面了。

第一次相亲，感觉怪怪的。幻箴随手挑了一件白色连衣裙背了一个帆布包就出了门。

那是一个最寻常不过的日子，两人选在了一家最普通不过的粤式餐厅，男士先到。幻箴在门口张望了一下，只有一桌客人是一个单身的男士。幻箴深吸一口气，向那桌走去。

“Hi, 你好，我是孟幻箴。”

男士抬起头，看着幻箴足足盯了五、六秒钟的样子，然后刹那间，电光石火，一见钟情。

两个小时的初次见面时间甚是短暂。最好的爱情莫过于，“我想要的样子你都有。”人生中，最重要的不是一个人的相貌、学识、性格，而是出场次序。没有早一步，也没有晚一步，恰当的时机遇到了恰当的人。我已经足够独立坚强，你也足够体贴宽容，这就是那刚刚好的爱情。

相识 128 天后，两人火速领了证，简单地宴请了朋友。

婚后，最温暖不过回家后餐桌上的昏黄灯光，关掉抽油烟机后的滴声，围裙上粘着的香菜末，吃饭时狼吞虎咽却又相视无言的浓情蜜意，厨房里收拾碗筷的瓷器碰撞声，这是一曲生活演奏出来的交响曲，平凡又伟大。

饭后，围坐沙发，家就是手里的遥控器，茶几上的水果瓜子，和打瞌睡时身上盖着的毯子。只是想和你一起抛开心绪，把奔波劳碌放一边，在几个小时里共同了解一个故事。一叙白天发生的故事，所有的压力和不快在哈哈大笑中烟消云散，化作更紧密和谐的

婚后，最温暖不过回家后餐桌上的昏黄灯光，关掉抽油烟机后的滴声，围裙上粘着的香菜末，吃饭时狼吞虎咽却又相视无言的浓情蜜意，厨房里收拾碗筷的瓷器碰撞声，这是一曲生活演奏出来的交响曲，平凡又伟大。

两性关系。

婚姻给了人们一个家，不仅仅在于家这个空间内发生的日常万事，更有一种扯线的功能，他让出差在外漂泊的你有依，有靠。那根柔软的线，轻轻拉扯着在外风雨兼程的你，让你不那么担惊受怕，未来可期。

无数次深夜独眠的辗转反侧，无数次电影落幕后的深夜痛哭，某次不合群的尴尬，从超市出来提着重重的塑料袋而生活用品洒落一地时的委屈不堪，都是击垮我们的最后一棵稻草。作为一个体会过酸甜苦辣的人，随着年岁渐长，幻箴现在无比珍惜家的温暖。

婚后的日子，每天睡前有他、醒来有他，共进每一顿早餐和晚餐，洗好澡互相揉一揉头发，一起出门牵手挤进地铁上班为理想奋斗，下班后分享彼此的疲惫与成长，节假日一起回家探望彼此的父母双亲，这些再日常不过的小事，都因为家的存在而心安理得。

婚姻从来不是把两个人捆绑在一起，不是从此只有两个人面对面，而是两个人牵手共同面对这个世界。

而婚姻带给人最大的温暖，就是给人一个家。家，才是婚姻给予一个成年人的兜底，也是最高理想。

幻箴真的无比珍惜现在的幸福。

在这升腾而起的俗世烟火里，幻箴把答案交给了“老鹰”。

兜兜转转，幻箴终于认清了一件事，人生路终究要靠自己走，幸福要自己把握，尽力就好。其他的，交给岁月和时间，顺其自然的去接受、去生活。

所以，打败“黑狗”的是“老鹰”还是自己？幻箴想到这笑了笑。

第四十六章《SHE-ERA》

幻箴打开电子信箱，收到了林弯弯的来信。短短几句话：

“幻箴，下个月8号我公司上市，晚上安排庆功宴，记得来哦，有惊喜！”

“前几年还找我借钱说公司亏损运营不善，转眼工夫就上市了”，幻箴心里念叨着。林弯弯用了三年的时间还清了所有的债务，通过以前在金融界积累的人脉结识了“天使投资人”，创办了自己的传媒公司，主营独立杂志品牌《SHE-ERA》。公司刚成立时，林弯弯伙同老同学老同事三五个人苦苦支撑探索，被同行业的挤压，销量惨淡，吃了不少亏。后来探索出自己的品牌理念——为新时代的女性代言，从情感、事业、家庭角度挖掘内容，展现各行各业成功女性乃至优秀全职太太的独特风采。杂志的理念设定为“给来到上海打拼的女性一片心灵的栖息之地”。至此，才算摸清了市场，有了自己稳定的受众群，也就开始多样化打通网络线上业务，销售业绩一下子提了上去，口碑也在传媒界树立了起来。幻箴是眼睁睁看着弯弯从穷得在自己家蹭吃蹭苦哈哈到早出晚归应酬加班到公司新一轮融资拿到上千万的筹码，再到现在成功上市的一步步，真是步步惊心。幻箴佩服弯弯的勇气，可以一门心思做自己梦寐以求的事业，真心为她高兴。

晚宴那天，幻箴穿了一身红色蕾丝低胸晚礼服，拿着红酒杯无聊地跟旁边的人聊着有的没的，而弯弯连个鬼影子都没出现，这让幻箴有了想提前溜走的念头。就在这时，弯弯挽着雪菲走了进来，幻箴注意到雪菲的肚子隆起，定是怀孕了。后面跟着的是雪菲的丈夫。岁月在两人身上似乎没有留下什么痕迹，雪菲依然是那样朴素清新自然。幻箴连忙过去，从身后抱住了雪菲。

“哎呀，这么多年没见，你还是那么幼稚”，雪菲转头娇嗔道。

“做了妈妈了不起啊，你倒还嫌弃我幼稚了。”

“哎，你知道吗，我那天去孕检碰见你的老同学夏听荷了，她也怀孕了。看她老公年纪蛮大的，我差点喊成了伯父。”

“真的啊，我好久没和听荷联系了都。”

正说着，弯弯的手机又响了。“哎呀，洋美人回国啦！”弯弯连跑带跳地下了楼，一行人往楼下张望。

只见一个身材臃肿，一身黑色长裙的女子拉着行李箱站在弯弯旁边。大家都在猜测是谁让弯弯如此激动。办好了行李寄存，弯弯和该女子一起上楼。雪菲猛然一叫“李沁儿！”

“……”没有应答，幻箴努力把眼前的这个女子和沁儿联系在一起。

“我现在是 Mrs Clinton”，终于有了回应。

“啊，真的是你，沁儿！”幻箴激动地一把抱住了沁儿。沁儿反而不好意思起来，连忙躲开幻箴的拥抱，解释道自己刚下飞机时差还没倒过来，转头从服务员那里要了杯红酒。幻箴和雪菲有些尴尬，沁儿其实早已泪眼婆娑。四人重逢，落座。席间，弯弯是主角，讲着自己这几年的创业艰辛和商海沉浮，雪菲也描绘了自己在山村小学的纯真生活，幻箴则略微说了说自己在媒体行业跳槽升职的经历，只有沁儿不说话。幻箴趁着大家互相敬酒的时候小声问道：“有什么心事说出来吧，是不是最近生活不顺心？”

“不，我活得很好”。席间一下子安静了。沁儿看着大家，情绪控制不住嚎啕大哭。“你们不知道，这几年我在国外过得什么日子。这么多年了，始终融入不到英国当地的文化圈子，也找不到合适的工作，所以干脆做了全职太太。这么多年，我除了生孩子，什么也没做。那种孤独寂寞的感觉太可怕了，日复一日萦绕心头。我先生工作忙，几乎没时间陪我和孩子，等三个孩子去上学了，我就自己开车去 China Town 一坐坐一下午，跟中餐馆的服务员聊天，聊中国这几年的事情。我爸妈一年飞去两次看我，现在他们年纪大了我又不能接他们过去养老，只能过几年把他们送进上海的养老院。我这样的女儿，真是白养了！”沁儿的一番话，让席间气氛凝重起来。众人除了劝说，别无他法。

“至少你还有老公，还有一个完整的家”，幻箴安慰道。

“家在，但毫无温情。他根本无心关心我，他认为只要房子足够大孩子足够多婚姻就有了保障。可我要的不全是这些。婚姻于我而言，是杯白开水，却是失去后会死掉的必需品。”沁儿悲观的啜泣着。

就在一桌人不知所措时，一个熟悉的男声大喊道：“哎呀呀，你说说你们，也不等我就开吃，太不尊重师兄了吧！”

“耗子，你终于到了！”弯弯连忙放下筷子，迎了上去。

“林总，这是你大侄子送你的礼物，恭喜恭喜！”耗子将一幅装裱精美的画递给了弯弯。

“我看看，很有艺术天赋嘛！一看就随我嫂子！哎，我大侄子呢？”弯弯笑弯了腰。

“跟他妈在停车呢，我这不先过来给您报到嘛！”耗子笑眯眯地回答，快步走到饭桌前，端起一个空酒杯，倒满了酒，“接到林总通知，我是一路从家开来上海，路上堵车迟到了，自罚一杯，也算是对咱重逢的庆贺！”说完一饮而下。

这是分别后，幻箴第一次看见耗子，不知是否是最后一次。那个当年留着飞机头的男生，已经成了一家电子产品销售店的小老板，笑起来还是那么憨厚。

看着这一切，在座的每一个人内心都翻涌着无限的情绪。雪菲提起听荷也怀孕了，这几年的种种沉浮世事，让幻箴更珍惜自己的经历。什么是成功？是像弯弯这样拥有一家自己的公司，是像雪霏这样年少时遇个良人嫁了，还是像沁儿这样为了自己的目标奋不顾身义无反顾？都是，也都不是。每当一个人走过一段人生旅程，回望时发现一切的果皆是源于自己种下的因。如果可以重来，大家还是会作出和当初一样的选择。而作为一个成年人，就是要承担选择背负的坏与带来的好。而这一切的动机，都源于内心的快乐和幸福。自己的感受是最重要的，如果能感到幸福，何尝不是成功？

“今天是你公司上市的日子，林总不讲几句？”耗子把大家的思绪拉回来。

“我是实务派，讲业务可以，讲这个我就犯怵了。这样，幻箴当年不是毕业生代表吗，我们让她来讲。”弯弯推搡着幻箴。

幻箴抿了口红酒，站起身，拿出一张发言稿。

“其实，林总早有吩咐，我就打了个草稿。最近会议太多实在背不出来，我就姑且念一下，算是对我们青春的一个回忆吧！

十年，改变一个人，造就一个人。时间让浅薄的东西愈渐模糊，让深刻的东西愈加深刻。还记得十年前的自己吗？那个刚刚走出校园一无所有的自己，朝自己理想之地义无反顾冲锋陷阵的自己。我们追求的东西看似不同，但其实都在追逐宝贵的幸福。这些年，尽管生活多有不如意，但我们依然努力着向上。我想，不忘初心，就是对未来最好的承诺。我们终究是世界的过客，身居他乡的我们要安于这个时代这座城市就要付出比男生更多的勇气和信心。上海是一座造梦的城市，我们的梦想一点点在这里生根发芽。虽历经苦难，终会收获人生的甘甜。如今，我们可以毫不虚心地讲，这是我们的时代，未来要亲手创造幸福！我想，这是林总创办《SHE-ERA》的初心，也是我们所有人的初心。”

是的，这是她时代，是我们的时代，是闪耀的时代，最好的时代。

还记得十年前的自己吗？这些年，尽管生活多有不如意，但我们依然努力着向上。这是她时代，是我们的时代、闪耀的时代、最好的时代。

在一片掌声中，幻箴走下台，手机震动个不停。低头一看竟是夏老师打来的。真是说曹操曹操就到了。

“夏老师，好久不见。”

“听荷，听荷她，难产，走了。”夏老师颤抖地声音，幻箴脑壳嗡的一疼，差点跌倒。

幻箴歪歪扭扭走了几步，开始一路狂奔。她不知道是朝着更好一路狂奔还是朝最初一路狂奔，是奔向未来还是奔向过去，是奔向听荷还是奔向自己。

一直以来，她都觉得听荷就是另一个自己。她代替听荷读大学，完成了听荷的大学梦，在大城市闯荡，有自己的事业。而听荷，何尝不也完成了幻箴的梦想，在家乡小城安然度日，岁月静好，相夫教子。幻箴觉得，听荷永远是十七岁的听荷，也是十七岁的自己。那个将梦想融于生活、轻柔甜美的自己。这些年，看似成功的幻箴其实也丢失了一些东西，得到的同时也在失去。人生一直往前疾走，突然回望的那一刻，幻箴的心生生的疼。扯着她的，是未知多彩的未来呢，还是纯真淡然的过去呢？

比起失去的，得到真的有这么重要吗？而失去的，又是何等的分量呢？她被两头拉扯着，感觉自己快被撕碎了。

幻箴跑到大马路上，她只觉得连片的车灯很闪，很亮，眼前一片白光。

“幻箴，你干嘛呢？快回家吃饭呀！”听荷睁着无辜的大眼睛，耳边是刺耳的上课铃声。

“听荷，你不是……”

“昨天的事对不起，我不该那么说你，我们还能做一辈子的好朋友吗？”

“可以……呜呜呜，当然可以……你个傻瓜，你个大傻瓜。你不能生二胎，知道吗，我不许你生二胎了。”幻箴一把抱住 17 岁的听荷，哭得泣不成声。

在全班惊讶地注视中，听荷羞红了脸，“胡说什么，是不是昨天又偷看言情小说了？小心我告诉你妈。”

“哈哈哈哈”，全班笑作一团，夏老师在黑板上写着今天的课后习题作业。

幻箴拍了拍脑袋，翻开桌子上的笔记本，四个稚嫩的大字赫然于扉页。

“上海，等我。”

后记

孤独，成为物质愈发充盈、通讯愈加快速即时的现代人共同面临的话题。通过信息技术和陌生人聊天产生的快感，反射着和身边人无话可说的无奈与恐慌。你不禁开始思索，成长后的自己，是否也如小虫一般，是一种群居却又孤独的存在。成长这个词，真的有种撕裂的疼痛，因为这意味着要和过去的自己彻底告别。这世上究竟有多少人的成长史都刻上了“被迫生长”的烙印，每个人似乎都经历过破茧成蝶的疼痛。

渐渐的，成长后的你会丢失曾经的记忆，甚至找不到熟悉的感觉，唤不起过去的感知。我们不顾一切想要冲进新的生活，殊不知，我们的一切情感，早已留在了过去。我们讨厌过去那个幼稚、胆小、怯懦、一事无成或是糗态百出的自己，然而，人生数十年后，我们还是要完成一个人生课题，就是和年幼的自己隔空对话。

你怎能舍得彻底割裂过往与当下呢？那是你来时的方向啊！当生活只是前行，那是一种安然的静好，继而陷入一种柔软的麻木里，无法自拔。而当当下与过去发生连接的那一刻，身体里的自我霎时被唤醒，指引着你，在俗世中寻找光的方向。

于是，在一个稀松平常的午后，当记忆的阀门被打开，犹如一只困兽被时代之光唤醒，将生活敲打出斑斓，将日子重新赋予希望的底色。霎时间，你就捕捉到了这种力量。

这力量在自身，那是一种撼人心魄的力量。

随着年岁增长，突然感知到，我们不是一下子成熟的，我们是一点一点拔节的。成长后的我们，还可以开心时脱掉鞋子大跳大叫，还可以在受挫后歇斯底里大哭一场，偶尔纵容自己任性得像个孩子一样，但我们更应该懂得的是，开心过后需努力，悲伤散去要成长。

就像你无法预知下一班地铁是不是鱼罐头，就像突然的胃痉挛，你说不清缘由，你只能接受，然后扎进地铁，揉揉肚子，继续端起生活这碗饭。于是不禁感慨一句，“生活真拧巴啊！”

徐志摩说：“所有不曾经历过精神或心灵的大变的人们，只是在生命的户外徘徊，也许偶尔猜到几分墙内的动静，但总是浮的浅的，不切实的，甚至是完全隔膜的。”在这平凡的世上，在这成年的躯壳下，种种历练让我们学会尽可能满足自己对生活的想象，让自己活得不那么拧巴，不那么苛责，不那么狼狈。

真正的成长，不是决绝，而是淡然；不是一头向前，而是回望时的心安；不是我的未来不是梦，而是我接纳生活给予我的一切，并且试图回馈生活一个更好的自己。

比如，试着回到一个不一样的原点。不管你的勇气是在充满动物粪便味儿的田间地头，还是在城市写字楼的工位，亦或是在飘散着咖啡香的书房、拥挤不堪的公交地铁，只要你想要成长和突破，从这一刻试着去改变，就能突破各种看似千山万水的阻隔，成长为一个充满惊喜潜力无穷的自己。

希望你我的生活，永远高昂清澈，头顶太阳，透着光。

往事依然缤纷，归来仍是少年。故事中的孟幻箴和夏听荷看似是性格、原生家庭、人生经历皆不相同的两个独立的个体，却在生命的平行空间中不断地交错。直到小说最后，听荷之“死”唤醒了幻箴，她才猛然意识她和听荷是“同一个”人，只不过两人作出了不同的人生选择。幻箴代表那个不顾一切往前冲的那个她，听荷则是那个安稳于小确幸、守护旧时光的另一个她。生活是平衡的，一方的坍塌最终都会导致生活美好景象的幻灭。然而，成长的代价就是抉择与舍弃。我们不断得到的同时，也在不断地失去。林弯弯失去了前男友、收获了事业，失去了10个月的自由身、得到了凤凰涅槃并创办公司；丁小火失去了一个死心塌地的前男友、得到了一个满心欢喜的丈夫，失去了健康和婚姻、得到了释然与成全；苗沐清失去了一个陌生的丈夫，得到了一个知心的恋人；李沁儿失去了和家人的团聚，得到了心心念念的国外定居的婚后生活；穆雪霏失去了对父母之爱的期待，得到了一个关怀备至的老公。到底失去更值得惋惜，还是得到更值得珍惜？"生活该往前看",这句话一定是对的吗？如果忘记最初对生活的热爱和期盼，一切还有什么意义？结局处，究竟幻箴在上海十余年的经历是一场梦，还是被车撞伤后出现幻觉重返少年时是一场梦？幻箴和听荷的生命有没有陨落？这些都值得读者去自己思考，相信每位读者都有自己的答案。

感谢那些激励过我们的人们，那些点亮我们的星星，那些绚烂过我们晦涩青春的花儿。我们更应该感激那些曾用蔑视带给我们心灵伤害的过往，因为这些，我们才会有机会愤愤不平，辗转反侧，想尽一切办法证明自己，成为现在还不错的自己。

小说中用一个篇章《上海是什么》倾诉了笔者对上海的热爱。对于魔都的热爱，寥寥数句实在不足以表达，它应当是贯穿在整部小说中。最重要的原因，在于这座渗透着诸多年轻生命成长的城市，教会我们剥离出生活中那一丝丝高级的幸福感。幸福感是关乎想象力的一件事情。一碟甜品，不仅是一份食物，吃到嘴巴里就是蜜意的生活，摆在橱窗里就是闪光的闲适生活，打开烤箱的一瞬间就是香气扑鼻的生活。若关闭感官，只顾低头负重前行，那就极其遗憾地与生活的美感失之交臂。

你不能泯灭生活的美，就像你不能遮盖生活的真相一样重要。什么是生活的真相？是菜市场里斤斤计较的算计和讨价还价，是日复一日单曲循环似的工作，是要拼尽全力维系的家庭内部的生态平衡，是那个看上去很美其实很累揉一揉酸痛肩膀的你我他。《凡人歌》帮我们道出了生活的真相，“你我皆凡人，生在人世间，终日奔波苦，一刻不等闲。”更残酷的真相是，那些尽力后的失败，面对分别时的冷静无奈和面对生老病死的无力感。

忧愁／脆弱／一棵压倒欢乐希冀的稻草／无话可说的冰冷／儿女不可逆的成长／楼下一支烟的味道／乃至世间的恶意／决绝的出逃／和幻灭的理想。

这些，都是我们不愿面对却必须面对的——生活的真相。当真相被刺破，需要用想象力去填补出生活的美。

什么是生活的美？

生活的美，藏在在家人笑靥舒展的眼角，藏在奋斗稍有回报的霎那，藏在奔跑的剪影，藏在电话那头的牵挂。它可能是一道亲手做出的美食，也可能是一张闲暇时间随意涂抹的画作，可能是忙了一天耳机里播放的那首带有回忆的歌，也可能是生病时家人为你煮的一杯姜茶。这些，都是生活中极易被感知的小美好，是想象力被释放出来的奇妙魔法，是打开心扉就能觉察到的高级的幸福感。

就像小时候那样，你还未到过远方，却在溜溜球和童话书里看到了一个缤纷至极、充满希望的大美天地。是呀，生活的美，它就绣在生活这道皮袍上，一针一线，哪怕上天给你的是脏兮兮的灰袍，依然能绣出一枚小花。这，便是生活中的高级美感。

一个在生活中懂得编织美感的人，是敢于做自己的人。他们认清了生活的真相后，依然热爱它。因而较之常人拥有更纯粹的自我，不吝于为同伴鼓掌，也能正视来自四面八方的非议，他们珍视自我，也同样尊重他者，拥有独立的思考，用同理心而非单一体系去看待那些不同经历的人生。他们在时代浪潮中成为一个隐忍的狂徒，傲立于随波逐流的众人之上，用思考代替呼喊，用沉淀代替喧嚣。

愿你能不惧、不悔，上不愧天、俯不怍地，用力捕捉那些闪瞬而过的快乐，把它们定格在记忆深处，去感染更多的人，行至远处，心怀炽热，努力活着。

愿你的眸中，能重现稚嫩，还依旧闪着光。